# FLOR DE PEDRA

# FLOR DE PEDRA

JOÃO ANZANELLO CARRASCOZA

FARIA E SILVA
EDITORA

Rio de Janeiro, 2024

# Flor de pedra



**Faria e Silva** é uma empresa do Grupo Editorial Alta Books (STARLIN ALTA EDITORA E CONSULTORIA LTDA).



ISBN: 978-65-6025-182-3

Impresso no Brasil — 1ª Edição, 2024 — Edição revisada conforme o Acordo Ortográfico da Língua Portuguesa de 2009.

Dados Internacionais de Catalogação na Publicação (CIP)
**(BENITEZ Catalogação Ass. Editorial, MS, Brasil)**

C299f
1.ed. Carrascoza, João Anzanello
Flor de pedra / João Anzanello Carrascoza. – 1.ed. – Rio de Janeiro : Editora Faria e Silva, 2024.
240 p.; 13,5 x 21 cm.

ISBN 978-65-6025-182-3

1. Memórias póstumas. Romance brasileiro. I. Título.

11-2024/29 CDD B869.3

**Índice para catálogo sistemático:**
1. Romances : Literatura brasileira B869.3
**Aline Graziele Benitez – Bibliotecária – CRB-1/3129**



**Faria e Silva é uma Editora do Grupo Editorial Alta Books**

**Produção Editorial: Grupo Editorial Alta Books**
**Diretor Editorial:** Anderson Vieira
**Editor da Obra:** Rodrigo Faria e Silva
**Vendas Governamentais:** Cristiane Mutüs
**Gerência Comercial:** Claudio Lima

**Produtora Editorial:** Milena Soares
**Revisão:** Alessandro Thomé; Denise Himpel
**Projeto Gráfico e Diagramação**: Junior Santos
**Capa: Beatriz Frohe**

ALTA BOOKS
GRUPO EDITORIAL

Rua Viúva Cláudio, 291 — Bairro Industrial do Jacaré
CEP: 20.970-031 — Rio de Janeiro (RJ)
Tels.: (21) 3278-8069 / 3278-8419
**www.altabooks.com.br** — altabooks@altabooks.com.br
**Ouvidoria:** ouvidoria@altabooks.com.br

Editora **afiliada à:**
ASSOCIADO

Aos meus
mortos,
dedico
como saudosa lembrança
estas
memórias vivas.

# Sumário

# LIVRO I

## A vida até agora

# I. Quem sou eu?

Minha estirpe, de campo santo, congrega uma infinidade de tipos, os cemitérios-parque, os cemitérios-jardim, os cemitérios navais, os cemitérios de índios, as casas dos espíritos em Eklutna, as terras altas dos aborígenes, os cemitérios dos desertos, os cemitérios templários, os cemitérios clássicos (tão lindo o nome de alguns — Araçá, Caju, Quarta Parada, Chora Menino, Redentor, Parque dos Girassóis, Alegre, Cantareira), os cemitérios monumentais (Arlington National, Père-Lachaise, Catacombe dei Cappuccini, Highgate, Zentralfriedhof, La Recoleta, Abadia de Westminster), os cemitérios marinhos, os cemitérios verticais (o célebre San Cataldo), os cemitérios-árvores dos torajas, a ilha dos mortos em Veneza, as casas do eterno repouso dos cristãos, os cemitérios pirâmides, os cemitérios pastiches do Taj Mahal, tantos e infinitos espécimes como o tempo sem horas do universo — e eu, eu sou apenas o cemitério da pequena cidade de Cravinhos, necrópole municipal sem muitos atrativos, este é o meu destino, e assim eu sou, como os homens em mim enterrados — não importa quantos anos viveram, se famosos se tornaram; por onde a vida passa, uma história é escrita, e pelo meu intermédio, é possível rastreá-la. Bem-vindo a mim, e aos meus irmãos, somos todos, malgrado a distância e as falsas divisas, uma só terra à sua espera, mesmo com a virulenta concorrência, nas últimas décadas, dos modernos crematórios.

## II. Minhas razões

Por que relatar a minha história? Haverá quem se interesse por ela? A começar, falta-me papel, a escrita só pode se dar em páginas do pensamento, eu mesmo me contando, em zigue-zague, uns fatos que escolhi, apanhando minha vida pela ponta, como uma linha de carretel — o difícil, em certa idade, é enfiá-la na estreita casa da agulha, prepará-la para a mão da costura e, ato contínuo, espetá-la no tecido.

A razão que me convenceu foi, inicialmente, a monotonia; já se sabe que, uma hora, a existência (e tudo o mais nela) cansa, fatiga, exaure, e cedo ou tarde essa hora chega para quem está sobre a terra, se não é a própria, ou parte dela, como no meu caso; à minha outra parte, tronco e membros superiores, cabe o que me vai acima: os mausoléus, as campas, os sepulcros.

O sedentarismo gera apego, que, por sua vez, garante o movimento da paralisia. Na rota oposta, sabe-se que o nômade é desgarrado da fixação, mas nele se assenta a errância, na qual se aferra para sempre. O calcanhar da jornada sedentária — digo a minha, porque outra desconheço — é que, se o apego ao aqui e agora aborrece, o apego ao lá e há pouco pode dirimir a sensaboria dos dias e trazer alguma satisfação.

Uma segunda razão, advinda da anterior, incentivou-me a considerar essa empreita: sem ter demandas em quantidade, o meu maior expediente é o ócio, o que me garante a escuta solta, a ponto de ouvir de um visitante, outro dia, um ditado definitivo, muito repetido e pouco praticado lá fora. Disse ele que a algumas pessoas, raríssimas, se lhes contam segredos, elas os guardam vida afora como num túmulo, e, uma vez mortas, transferem-nos para seus jazigos num duplo sepultamento. Sem o que e a quem temer, achei por bem escavar os meus segredos: me custará algum tempo, e não porque meus segredos sejam valiosos, como relíquias achadas em catacumbas, mas porque segredos reclamam curiosidade, às vezes perversa — mais exato seria defini-los como vivências íntimas, desenterradas.

A razão definitiva, no entanto, última pá de cal nas minhas dúvidas, fincou-a como uma bandeira um senhor, meu conhecido há décadas, a quem me afeiçoei; adianto, sem mágoa, que a recíproca no caso não é válida, ele nunca esteve à vontade em meu quadrado. Obrigo-me a esclarecer como foi o nosso primeiro encontro, e que, sem o ter planejado, é já o movimento inicial dessa minha exumação. Pois bem: na régua dos tempos, beira a uns sessenta anos quando se deu aquela manhã, que ora me recordo, eu não tinha essa face que tenho hoje, eu não era senão um trecho de terra abrigando meia dúzia de campas simples, aquela manhã na qual veio até mim uma mulher esguia e alta, jovem ainda. Trazia numa mão um ramalhete de bétulas, que depôs no túmulo do irmão; e, na outra, a novidade, que, com a diferença de uma letra, atiçou-me dois sentimentos: o espanto e o encanto. Na outra mão, junto ao colo, trazia o filho, um bebê envolto em xale, só o rosto à mostra, e nele a graça e a beleza reluziam. Era a primeira vez que eu via um homem em seus primórdios, eu que era também recém-nascido, eu que existia com o único fito de abrigar as vidas findas, e o meu futuro se limitaria a ser o que eu já era, espaço para o acúmulo de outras vidas findas, enquanto ao dele, claro, o universo reservava outro destino.

Os dois sentimentos se misturavam em mim; ora esse ocupava meu estado de espírito, como uma ânfora, ora aquele o superava em volume; e, nessa negociação, nenhum deles, espanto e encanto, arrefecia sua potência, era um duplo efeito de sentido. Eu me deparava, pela primeira vez, com alguém da mesma idade — e aquele alinhamento me levou não apenas a uma identificação com o bebê, mas à total empatia.

Dali em diante, passei a me ver sempre como um igual a ele, não obstante as óbvias diferenças. Ao longo dos anos, toda vez que nos encontramos, deixei tudo de lado para observá-lo com a condescendência de um semelhante, o afeto legítimo de um irmão, a solidariedade de um amigo. Assim, vi-o crescer, à medida que eu crescia; vi-o saltar da infância para a juventude, e dessa para a madureza, até que a velhice o tomasse. À medida que acusava suas mudanças, percebia-as também em mim, embora a contagem do tempo seja diferente para nós: um ano dele corresponderia, talvez, a dez meus.

Nosso vínculo não se ateve à fragilidade dos laços ocasionais que costumam se dar comigo e todos os que vêm aqui enterrar seus mortos. Em menino, ele veio com a mãe se despedir do pai, motorista de ônibus que morreu num acidente rodoviário; adolescente, perdeu duas primas, um tio-avô, cinco colegas vítimas de febre aftosa; adulto, foi a vez de trazer a esposa, o irmão mais velho, uma amante com quem viveu anos às escondidas, uma dezena de parentes, outra dezena de conhecidos; dos 50 anos para a frente, até há pouco, foi um número de perder a conta, gente de seu círculo, nova ou idosa, bem ou malquerida.

Mas, tendo herdado do avô uma pequena fazenda, e para ir e voltar de sua lavoura, margeava a estrada — hoje rua — à minha frente, e, com meu portão central aberto, como olhos, de duas a quatro vezes na semana, nesses anos todos, eu o avistei passar dentro das caminhonetes que, de tempos em tempos, ele trocava. Tanto que aprendi a ler em seu rosto, quando dirigia em reduzida velocidade, se ruminava alguma mazela de ordem mundana, se ria de algum prêmio que o cotidiano lhe concedia.

Minha comunhão com ele se ampliou depois que completou 50 anos: deixou de fumar e deu para correr nos fins de tarde de sua casa, no centro da cidade, até aqui, onde se sentava num dos bancos diante de meu muro norte; em seguida, retornava no mesmo ritmo, que, se já não era célere, nos últimos meses mais parecia um caminhar de suplício — signo de sua resistência em nome de uma prática saudável. Nesse período de "convivência", notei-o triste em muitas ocasiões; em outras, me alegrei com seu rompante de sorrisos, e o que mais me comovia era avistá-lo com o *headphone*, ouvindo músicas que eu só vim a conhecer, indiretamente, pelo seu cantarolar.

Ao vê-lo chegar aqui, na semana passada, para se fixar permanentemente, senti que era hora de rever minha vida e me dedicar a rememorar alguns acontecimentos que me substanciaram. Contribuiu, de forma cabal para minha decisão, o que ouvi de outro senhor, quando passou, anos atrás, lá fora: *Também podemos nos regozijar pelos lábios que narram uma história*. Mesmo que os lábios narrem só para si, como se dá comigo.

---

## III. Mais uma razão

Há alguns meses, um pequeno evento aconteceu no meu extremo sul — a inauguração de uma nova ala, para sepulturas mais modernas; justo é dizer que foi uma inauguração apenas dos marcos divisórios, não houve morto nenhum, de ocasião, para estrear oficialmente o terreno batido. O prefeito da cidade, acompanhado de sua comitiva, proferiu um discurso rápido, de improviso, demandas mais urgentes o esperavam. Argumentou que Cravinhos vivia uma inegável expansão, era oportuno e compulsório aquele meu alargamento, e convinha pensar com a mente do amanhã, como ajuizavam os bons alcaides, se não era tempo de planejar a construção de um segundo campo santo, no bairro do Pedregal, condizente com as práticas contemporâneas do luto, e futuramente desativar o velho, referindo-se a mim. Dessa forma, trouxe-me mais uma razão para persistir em meu propósito, mesmo que não se possa dar demasiada fé à palavra de políticos. Sua peroração me feriu a autoestima. E já que ele insinuava o meu fim, senti-me desafiado a registrar o meu início e o meu meio.

## IV. Meus sentimentos

Ouço aqui muita gente dizer aos familiares dos mortos a expressão *Meus pêsames*, que bem entendo, mas a maioria prefere *Meus sentimentos*, o que, ao contrário, me faz hesitante: a quais sentimentos se referem? Pesar, tristeza, piedade? Imagino que não seriam sentimentos de natureza oposta, como alegria, indiferença, vingança. Se bem que não posso provar que sejam nem uns, nem outros — registro aqui, diariamente, as mais estranhas e imprevisíveis condutas.

No meu caso, tenho não apenas razões para organizar minhas memórias e cantar, para mim mesmo, essa rapsódia íntima. Tenho os *Meus sentimentos*, e, para não me ater ao ardil da linguagem genérica, especifico-os: solidão (que carrego como uma marca de nascimento), assombro (diante de tudo a que assisto), maravilha (que, de quando em quando, experimento por estar vivo) e medo (de perder o passado, pois, se não me recordo do que fui, minhas vivências se recobrem de camadas e mais camadas de esquecimento).

Meus sentimentos, noutras palavras, são uma mescla — como as variadas ores nas minhas sepulturas — de pasmo, consternação e enlevo.

---

## V. Advertência

Engana-se quem pensa que vou tratar do fado, da ceifadeira, de vermes e carcaças, não vou falar de pestilência, nem de ratos, do odor das velas que ardem sobre meus túmulos, tampouco das campas humildes ou dos arrogantes sepulcros, não vou falar dos escuros mármores que cintilam em mim ao sol da manhã; se a eles fizer menção, será para dar forma estável às minhas reminiscências e ser fiel ao espaço onde habito; esses tropos e temas (óbvios) são pedras adjuvantes, nem de longe rivalizam com as fundações (invisíveis) do meu ser; não é no grau zero da claridade que a luz principia, mas no índice máximo do escuro; minha essência não está sob a pele da terra, nos subterrâneos apagados do mundo, minha essência está do lado de fora, no avesso de minhas profundezas, onde meus muros e o céu sobre o terreno que ocupo se desvelam à vista estrangeira, mesmo à mais fortuita; daqui em diante, não reinará a liturgia do fim, mas o evangelho do durante, pois quem protagoniza meus devaneios e minhas dores não é a morte, que essa está bem mais presente, cumprindo o seu ininterrupto ofício, em outros lugares; ela está aqui unicamente como resultado de seu agir, aqui é um mero posfácio, ela opera em rodovias, camas de hospitais, alcovas de motel, casas lúgubres e ruas solares, em qualquer sítio onde a matéria (até mesmo aquela de que são feitos os sonhos) se aninha, aqui a morte pouco atua (não sou o seu *locus* predileto), ironia alguém morrer entre meus muros numa visita de rotina ou no rastro de um féretro, embora haja um e outro caso; vi tanta gente que, ao trazer os seus mortos, achava-se, e nem o sabia, a um passo do aneurisma, pais prestes a uma síncope, mães esmagadas pela saudade (que apenas começara), mas a vida neles se manteve, mesmo em destroços, porque a vida, quando vê outra vida se findar, obriga-se a resistir, e, por inexplicável motivo (talvez a sua sina), vai aos poucos se recompondo, e o tempo, então bruto, assenhora-se de sutilezas silenciosas; o tempo, artífice do esquecimento, muda a direção do olhar para que a paisagem se renove, para que, no rosto dos recém-nascidos, se perceba os traços dos que se foram, a curva dos lábios, o lóbulo da orelha, a cor dos olhos, para que no sorriso das crianças que chegam os vivos reencontrem seus familiares (falecidos); a morte age ostensivamente lá fora, muito além de mim, a morte aqui tem mínima valia; por isso, eu reverencio quem narra suas memórias póstumas, mas, em minhas divisas, fulguram só lembranças vivas, aqui o que vigora é a vida, a vida que me alumbra e me faz recordar que, onde ela está, o adeus (ainda que calado) se anuncia, onde ela está, por mais que se pense o contrário, o desespero se avizinha, onde ela está, o universo se recompõe e nos dá as boas-vindas; aqui, na parte que me cabe ser o que sou, não celebro a perda de um ou outro homem, celebro a humana existência (que só é humana porque, o tempo inteiro, as perdas andam e desandam em seu caminho).

## VI. Antes

Conto a minha história antes que as aparas se tornem pontas da madeira, o mal comece seu longo turno de trabalho — que cessa só quando não há mais pulso —, antes que o exército de anticorpos se entregue à sedução do invasor, as roupas não caibam mais no corpo e exijam o fundo das gavetas, as forças de resistência finalmente se entreguem, a notícia consume o fato, o sentimento de perda invada meus sentidos, as narinas farejem o que tanto atemoriza — o desfecho fatal —, a última dentição da verdade se complete em minha consciência, os medicamentos não façam efeito, antes que alguém, antecipando o anúncio, tenha de cuidar do enterro, o telefone toque na casa dos familiares com seu tom alegre e costumeiro (que esconde a certeza da finitude), antes que as condolências se tornem o cumprimento usual, os dizeres da faixa na coroa de flores (e também a coroa de flores) sejam escolhidos, o espanto, em sua máxima potência, não cesse de operar, os olhos não notem a imprecisa forma das coisas, o espírito, suspenso da normalidade cotidiana, experimente o alheamento de quem se vê em estado de choque, antes, antes, antes que seja apenas uma questão de dias, horas, minutos — como sempre foi e sempre será, mas que, para suportar o inevitável, eu finja esquecer que também vou morrer definitivamente.

## VII. Vozes murmurejantes

Inútil silenciar as vozes que me turbam e me perturbam ocasionalmente, umas veladas, outras veludosas, filhas legítimas do meu ventre, se posso me valer de tal palavra. Obrigo-me a informar, desde já, que pertencem à minha própria carne, e seria injusto ocultá-las; afinal, não podemos evitar o pus da ferida, nem o perfume das flores, tampouco eliminar as marcas que nos diferenciam dos outros. Assim, por vezes, essas vozes vão ganhar espaço, entre os capítulos, em exposições solitárias, duetos, trios ou em coro. Vão vagar nos velhos vórtices velozes dos ventos, vãs e vulcanizadas; mas, apesar de vivíssimas em mim, a bem da verdade, todas elas, sem exceção, são de pessoas mortinhas da silva.

## VIII. Meu nascimento

Um dia se nasce, e um dia eu nasci. Igual a outros tantos nascimentos, não me receberam de mau grado neste mundo, nem me aguardaram com pompas. Um esboço de mim, rarefeito e disforme como nuvem, surgiu no pensamento de um dos primeiros habitantes de Cravinhos, que, então, não era mais que um arruado com meia dúzia de casas numa alça da paisagem. Ali, alguns homens, liderados por um velho, vindos do norte com o intuito de lavorar glebas virgens, numa noite cálida, não sei por quais motivos — talvez urgência de pouso —, ergueram acampamento nessas adjacências e, em vez de reatarem a viagem na manhã seguinte, caminharam a esmo, sem botas, ao redor das barracas e, ao sentir a carícia dessas terras na planta dos pés, decidiram ficar, simples resolução de quem (de súbito) encontra perto o lugar que buscava, com movediça convicção, em ponto mais extremo. Se não eram brotos autóctones, e não eram, quando se deram conta, tinham cá sedimentado sua vida. Levantaram do chão, sem muita ciência, as primeiras casas; estas motivaram a construção de outras, aprimoradas; depois lhes ocorreu fazer uma igrejinha, e a fizeram; também um mercado se arvorou por si mesmo, até que o rosto de um vilarejo, embora pálido, se espraiou em linhas difusas pelo vale. Onde nasce um vilarejo, há de se morrer gente — e o próprio vilarejo, tenha ou não se tornado uma cidade. O velho, ansioso por permanecer ainda algum tempo neste mundo — sempre se quer mais, poucos aceitam o fim quando o fim se enseja —, se exauria na plana e seca chapada onde vivera seus anos todos, os reais e os que sonhara viver se um dia pudesse sair dali. Então, numa estiagem voraz que lá se alongara, ele convenceu a si e a outros que deveriam se pôr em marcha, em busca de outra terra, qualquer que fosse, menos injusta que aquela, onde semente alguma (nem o cultivo da fé) era capaz de brotar. Já passara do estágio de crer em terra santa ou prometida, ele desejava apenas alguma terra viva.

Irrompi, pois, neste lugar sem apupos ou vivas — que seriam paradoxais, pela circunstância —, mas com lágrimas, se bem que não minhas; eu ignorava o meu destino, senão também haveria de me lamentar. Foi assim: uma mulher da cidade, nem tão nova nem tão idosa, havia anos doente, numa tarde de outono, me inaugurou. A família decidiu enterrá-la distante das casas, deixando uma área comprida o suficiente para que, diariamente, não se lembrassem — e eu lhes dou razão — daquela que se foi. Meses depois, chegou a vez de um menino, vítima de tétano, que, na época, era de efeito mortal, e o trouxeram para perto da mulher, Mariana, o nome dela; o dele, Marcílio, cabia bem ao homem que ele seria, mas não ao menino que era. Não tardou, veio-me o terceiro morto, homem novo escoiceado por um cavalo. Puseram-no à esquerda do menino. Três cruzes simples se podiam ver de longe — e essa é a primeira lembrança que tenho de mim.

O velho líder instou os moradores a me traçarem num cercado, plantar duas quaresmeiras — sabia que eu haveria de crescer, mas era preciso crescer com correção (assim como se deu com seus filhos, já adultos e sãos). A quarta cruz foi fincada no túmulo de uma moça, morta aos 25 anos. A quinta, fizeram-na às pressas para um palhaço — morreu no circo itinerante que passou pelo vilarejo em direção ao sul e, como não tinha família, encontrou em mim a sua guarida. A sexta cruz foi colocada à direita de Mariana, ali repousa a sua cunhada — partilhavam estreita intimidade, por isso talvez as tenham respeitosamente alinhado, para que continuassem mantendo, em modo póstumo, a mesma amizade. A sétima cruz, disposta três anos depois da primeira, encabeça a sepultura do próprio velho — fiquei triste com a sua morte, naquele dia de minha infância, mas, se demorei para me realegrar, ao menos senti, ao recebê-lo como habitante, uma momentânea ternura — tenho apreço pelo número sete, gostei de que a sétima cruz estivesse reservada a ele, o fundador da cidade. Quando os filhos o trouxeram — as quaresmeiras haviam crescido, e um pássaro, pousado numa delas, cantou: um ato de gratidão da natureza em sua homenagem.

Um dia se nasce, em outro se morre. Assim se dá com todos que ocupam palmos de minha terra. Assim se dá com as cidades que desapareceram, e, com elas, seus campos santos — morremos, se não há mais quem possa ser enterrado em nós.

Um dia se nasce, em outro se morre. A vida obriga. Frágil, até certa extensão, ela faz valer a sua ditadura. Seu fazer-se, curto ou longo, é o tempo, variável, com o qual forjamos a foice. Uma vez pronta, a foice age,

sua lâmina (precisa)
foi feita para
um único
corte.

---

## IX. Meus mortos

O nome designa coisas e seres, abstratos ou concretos. O nome denomina, apelida, alcunha. O nome, o próprio, identifica um rosto em meio a outros. O nome faz um homem se voltar para a direção de onde veio a voz que o chama. O nome é a película que cobre o corpo dos sentidos. O nome ordena a lista dos primeiros e dos últimos. O nome atende o chamado para vir à vida, tanto quanto para deixá-la. O nome nem sempre traz a doçura ou o amargor daquele que o detém. O nome, que por milhares de dias é uma existência bruta, um dia será apenas um nome. E, como amostra, eis o nome de alguns de meus mortos, sepultados num trecho de minha ala norte:

Luiz Celso de Piratininga Figueiredo, Maria Angélica Dantas Figueiredo, Rute Silva dos Anjos, Nelson da Silva Santos (o Urso), Carlos Alberto Silva, Walter Anzanello, João Anzanello, Leonor Damião Anzanello, Benedito Damião, Adálida Damião, Maria Luiza Dezolt Damião, Mathilde Dezolt Damião, Arthur Dezolt Damião, André Carrascoza, André Trevilin Anéas Carrascoza, Luiz Anéas Carrascoza, Neuza Aracelis Carrascoza, Jose Ramon Molinero, Francisco de Assis Pizzi, Antonio Penoza, Ângela Ribeiro, Modesto Santos Ribeiro, Madalena Durão Ribeiro, Priscila Ribeiro Nunes — a eles, se juntarão outros nomes, a encimar as placas de minhas campas, nomes que, por ora, estão colados à pele de alguém, designam gente viva, nomes que permitem aos homens dizer (ainda), este é João, e não José, esta é Ana, e esta, sua filha, Rosa, este é Ricardo, meu irmão, aquela, minha irmã caçula, Marisa, e a outra ali, minha irmã mais velha, Patrícia, mesmo nome de minha mãe, que não ouve direito, já lhe vai na orelha um aparelho, e aquele lá, meu tio Antônio Carlos, que me criou, e a mulher de cabelos negros, Catarina, se bem que Catarina não dá conta de nomear o que ela é para mim, o meu amor, e este aqui, que eu te apresento, é Rafael, meu sobrinho, o filho que não tive, e este que chamam lá fora também leva o nome de João, o primo dele, que a família dá como desaparecido, Zezinho, e a senhora ali sentada, Dulce, minha sogra, e ao seu lado, Guido, meu cunhado, a menina aos pés dele, Valentina, e o homem varrendo a minha entrada, Saulo, o coveiro, e este, este que ocupa o presente espaço (espaço que feliz ou infelizmente se expande), este sou eu, que atendo pelo nome de Cemitério Municipal de Cravinhos.

## X. Mais sobre os nomes

Os nomes gravados no metal vão permanecer por muito tempo, desde que os saqueadores não surrupiem as placas sobre os jazigos para derretê-las e fazer dinheiro. Se estão assim sujeitos à dinâmica do desprezo e à corrosão do esquecimento, o que pensar então dos nomes enunciados aos sussurros, já em vias de se diluir? O que é um nome senão um incentivo ou uma mentira, quando os corpos vão se dar notícias e trocar saudades, quando uma pele, em silenciosa conversa com outra, à sua espera, atinge o mudo reconhecimento? Que espécie de dor um nome traz aos lábios e, sobretudo, à memória de quem o deu para um filho, um filho que, uma vez chamado, não mais poderá responder *Estou aqui, pai!* ou *O que foi, mãe?* Que nome um homem dá à menina a quem ele pediu em casamento, amou e depois a perdeu, quando se lembra de seus últimos dias golfando sangue? O que o nome de um irmão, morto, pode disparar noutro irmão, vivo, quando este, sentado na relva, recorda a infância dos dois? Que diferença faz para uma mulher se os cardos esturricaram, se as águas do rio são pardas, se o céu se pôs nessa manhã de um azul cristalino, se ela já não pode dizer *Acorda, Ana, está na hora*, porque Ana, sua filha, jamais acordará? Por que um nome, tão querido, se torna impronunciável sob pena de suas letras racharem os lábios de quem, ainda que distraidamente, o chama? Os nomes, soltos entre as palavras do cotidiano, movidos pelo moto contínuo do pensamento, a transbordar vida, vão aos poucos se enrijecendo, até serem gravados no metal das placas sobre os jazigos. Nomes que, depois de um tempo, nem mesmo os parentes próximos saberão dizer a quem pertenciam. Talvez lhes deem polimento, façam-nos luzir ao sol; mas, para eles e nós, não passarão de nomes. Não nomes de mortos, mas nomes mortos.

---

## XI. Retrato de meus mortos

Os retratos são, quase todos, em preto e branco, feitos para algum documento, que exigiu a pose do modelo, ou foram capturados em efemérides. Em ambas as ocasiões, modelo e fotógrafo seguramente não supunham que a imagem iria fazer parte, no futuro, de um álbum a ser folheado pela curiosidade de quem cruza pelas minhas aleias — um exemplo de que se pode dar novo uso (até) para aquilo que deveria ser olvidado.

Quem são esses homens e essas mulheres aos olhos do visitante comum — ou mesmo aos de seus parentes longínquos? Eram serenos ante o despedaçamento dos sonhos, inevitável no correr da vida? Eram assassinos, usurpadores, santos (como se santos houvesse)? Tinham jeito próprio de dar nó no cadarço dos sapatos? Faziam amor com euforia? Qual era o seu órgão de choque? Em que lugar do mundo virtual estão as palavras que emitiram, os pensamentos que engendraram, seus comentários sobre a realidade pertinentes num dia e vãos no outro?

Os rostos apolíneos, os cabelos bastos, os narizes compridos, os sorrisos sinceros — registrados um dia pela câmera — aqui presos a um porta-retratos, agonizam silenciosamente, com bravura, pela segunda vez.

---

## XII. Um retrato especial

Um desses retratos não me sai dos olhos, mesmo se os cerro para descansar durante o dia, quando o sol é vigoroso, ou para ouvir o canto dos pássaros no fim da tarde — como se, de olhos fechados, eu pudesse apreciar mais profundamente os seus tons. Aliás, eu sempre penso, fechar os olhos evitando ver o mundo à nossa frente não é uma tentativa, sem efeito, senão o de um placebo, de nos protegermos ante as suas atrocidades?

Quem se atira ao abismo de olhos abertos? Quem prefere avistar o chão se aproximando em alta velocidade, antes de se estatelar e se milpartir contra ele? Por que, de olhos fechados, se sorve melhor a experiência vivida?

O retrato a que me refiro é de um menino, não tinha mais de 10 anos quando o fotografaram, idade próxima à que tinha quando de sua morte, motivo pelo qual colocaram tal fotografia em sua lápide. O detalhe, por isso a foto não se descola das minhas retinas, está num de seus dentes caninos, fácil de ver na imagem, ele sorri com a largueza da ingenuidade. O dente, branco e pontudo, não esconde que lhe falta uma lasca; pode-se notar que nele fizeram um remendo, e este, em vez de corrigir a falha, por ser arte tosca, revela-a até para os míopes.

O remendo — percebi com tristeza — não foi obra de um cirurgião-dentista, e, sim, resultado de um malogrado estratagema; o dente foi retocado não em sua boca real, mas ali na foto, com esmalte branco, a polpa da mentira sobre o caroço da verdade.

Não foi, portanto, intervenção do fotógrafo que deu ao menino o sorriso legítimo — a câmera corrige a luz, o foco e a distância, mas não o dente quebrado. Como meninos não ligam para falhas, atribuí aos pais, pela pobreza ou pelo constrangimento, aquele conserto artificial; visavam, claro, a conferir dignidade à imagem de seu filho.

Fecho os olhos e continuo a ver o dente quebrado do menino no retrato. Quantos remendos os homens não fazem por aí para esconder — e, assim, expor ainda mais — as próprias máculas? A verdade só tem uma dentição, nem a carne de outra verdade é capaz de recobri-la.

---

## XIII. A primeira impressão

Uma das coisas que sempre escuto, ditas por quem entra aqui ou passa lá na rua, e o tempo vai me desdizendo, embora a princípio eu tenha concordado, é a tese, simplória, que reza ser "a primeira impressão a que fica".

Penso em meus moradores. Alguns chegam tão carne e osso, apesar das flores do caixão disfarçarem, que residiam aqui havia meses e nem o sabiam — apenas o transporte se atrasou, estavam fisicamente numa sala de aula, no sofá de casa em frente à tevê, ou palestrando num púlpito, mas, em verdade, já se encontravam sob a minha guarda. Vêm sem dentes, ou com a dentadura chumbada à mandíbula, a pele manchada de hematomas, as veias das mãos e dos braços perfuradas pela agulha das sondas, as pernas finas (ocultas sob a calça) como palitos.

Outros parecem estar vivos, o corpo belo e inteiro, a represar a sua formosura, que, horas antes, atraía o desejo de quem os amava. Imóveis, assemelham-se a um ser hibernal, imerso nas raízes do sono; bastaria um estalar de dedos, um comando de voz, *Levanta-te e anda*, para abrirem os olhos, sorrirem, dizerem *Que dia lindo!* e voltarem a dar corda no carrilhão de sua existência. A maquiagem moderna aportou nas funerárias para lhes dar uma imagem (talvez) mais cuidada do que quando vivos: capricham no penteado, colam os lábios e lhes passam batom, cobrem com *blush* a lividez da face. As técnicas atuais de preparo do corpo recompõem a feição que permite aos filhos o reconhecimento, *Este é o meu pai*, *Esta é a minha mãe*, e aos pais dão igualmente a certeza esmagadora que, passando-lhes à dianteira, aquele, a descer à sepultura, *É o meu filho*, e aquela, que mal chegou à idade escolar, *É a minha filha*, e, quando não, obrigando-os a afirmar, massacrados pelo gigantismo da dor, diante de dois ataúdes, *Sim, são os nossos meninos.*

Em ambos os casos, ao vê-los chegar, tanto os derruídos quanto os conservados, tenho a minha primeira impressão. Mas, como na cidade dos vivos onde a convivência diária corrompe os vínculos, basta-me uns poucos minutos com eles para que essa verdade interina (desculpem-me a expressão) caia por terra.

---

## XIV. Por não aceitar, os homens inventam

Por um sentimento, que os obriga a não aceitar o mundo como o mundo é, eles inventaram, e continuam a aumentá-la dia a dia, tanto quanto o número de mortos dentro de mim, uma rede de motivos que ora se laçam e se entrelaçam carinhosamente, ora se emaranham e se retorcem com raiva; a cada motivo se adere uma metáfora, como o *shangri-la*, o éden, o eldorado, o mundo onde a perfeição e a ordem reinariam eternamente e a bondade do Senhor se infiltraria em cada interstício, o perdão seria o ar que pairaria soberano sobre os filhos eleitos, as confrarias de anjos existiriam para louvar minuto a minuto o tempo que não seria uma linha reta, mas uma espiral em cujo interior tudo acontece e reacontece, se faz e se desfaz, e só haveria uma única estação — a da suprema felicidade —, e todos os erros se apagariam no ilimitável amor do Pai; ou aquela outra metáfora que tudo não é senão o sonho de um sonhador, o universo, o pensamento de uma criatura sem propósito definido, um ser vagante, o mundo e o pós-mundo tão somente a configuração mental dessa força sem forma, dessa imagem sem rosto; ou o céu dos fanáticos, com seus inumeráveis estágios, suas recompensas e o esperado fim dos martírios; ou, ainda, o plano dos espíritos, onde outra vida, sem a degradação do corpo, espera para ser usufruída, onde os mortos haveriam de encontrar seus familiares queridos, onde o filho que morreu menino receberá às portas das nuvens a mãe recém-enterrada, onde aquela neta haverá de reencontrar a avó que amava, onde eles poderiam permanecer o tempo que quisessem e com quem desejassem, onde pudessem rever aquele amigo que perderam tão cedo ou aquele amor que partiu de repente...

E eu, que atravesso todas as noites olhando as estrelas, gosto especialmente daquela ideia que propõe, uma vez superadas todas as reencarnações, que a alma transmigraria para uma estrela e dela se tornaria regente — é tão bonito, para um trecho de terra, imaginar que cada um de seus mortos um dia se tornaria deus de um sol; pois é por esse sentimento, que os obriga a não aceitar o mundo como o mundo é, que os homens inventaram a ficção, e presumo, nela creem até mais do que na verdade, simplesmente para atenuar o desespero ante a certeza da impermanência.

## XV. Sempre é hora, mas nunca é a hora

Se é comum que digam *Ela se foi em boa hora*, ou *Já era tempo de ele descansar*, também é comum que se lamentem, dizendo *Ela morreu tão nova*, ou *Ele tinha a vida inteira pela frente*; por isso, eu louvo o ofício da morte, que decide o dia e a hora, alheia aos clamores dos que enterram seus mortos, indiferente aos argumentos de que se valem para discordar do trabalho dela, sempre, sempre antecedidos por essas invariáveis palavras, *Justo agora*.

Justo agora que os filhos cresceram, justo agora que havia se aposentado, justo agora que só faltava uma filha para ele levar ao altar, justo agora que ela fizera as pazes com a mãe, justo agora que eles pagaram todas as dívidas, justo agora que nasceu o primeiro neto, justo agora que ele iria assumir um cargo de chefia, justo agora que a velha poderia desfrutar o tempo livre, justo agora que ele recebeu aquela herança, justo agora que eles finalmente compraram uma casa, justo agora que o filho estava aprendendo outra língua, justo agora que o marido não precisava mais trabalhar tanto, justo agora que ela não tinha mais alergia a camarão, justo agora que ele aprendera a nadar, justo agora que ele poderia esclarecer tudo, justo agora que a menina aprendeu a falar *Pai*, justo agora que está chovendo, justo agora que ela o perdoou, justo agora que o velho encontrou seu amor de juventude, justo agora que ela estava esperando um filho, justo agora que ele a pediu em casamento, justo agora que ele havia comprado as passagens de avião, justo agora que ele deixara de beber, justo agora que ela podia cuidar do jardim, justo agora que os dois abriram a empresa, justo agora que só faltava a pintura para terminar a reforma, justo agora que os dois se entenderam e andavam felizes, justo agora que eu amadureci para ele, justo agora que eu cortei duas ripas perfeitas para ela, justo agora que eu assei um carneiro para festejar nossas bodas de ouro, justo agora que eu realizei um sonho; e eu, um lucro; e eu, uma mágica; e eu, uma proeza; e eu, uma façanha; e eu, um milagre, justo agora que ele arou toda a terra, justo agora que as macieiras se vergavam ao peso das frutas, justo agora que os filhos e netos e bisnetos preparavam uma homenagem para ele, justo agora que eu ia fundar um novo mundo com ela, justo agora que eu ia caçar tesouros subterrâneos para nós, justo agora que eu sei de olhos vendados laçar cavalos, justo agora que eu conheci minha mãe de sangue, justo agora que trocamos o piso da sala, justo agora que descobriram um outro planeta azul, justo agora que os raios de sol douram a paisagem, justo agora que essa dor, eu tinha certeza, era a maior de todas, justo agora eu percebo que essa dor não é sequer uma gota perto da falta oceânica que ele vai me fazer.

---

## XVI. Quando eles concordam que chegou a hora

Se muitos dizem *Justo agora*, outros tantos, eu ouço quase sempre, não se furtam a afirmar *Pelo menos*.

Pelo menos ele parou de sofrer, pelo menos criou os filhos, pelo menos viveu o bom combate, pelo menos teve uma vida digna, pelo menos a agonia durou pouco, pelo menos a filha chegou para o enterro, pelo menos morreu dormindo, pelo menos terminou em casa junto à família, pelo menos quitou as dívidas, pelo menos não deixou herança para ninguém, pelo menos perdeu a consciência, pelo menos nem entendeu o que estava acontecendo, pelo menos teve quem cuidasse dela até o fim, pelo menos foi bem tratado nos últimos dias, pelo menos está com a expressão serena, pelo menos descansou, pelo menos o sedaram, pelo menos está sorrindo, pelo menos tinha quem o amava, pelo menos conseguiu se despedir das meninas, pelo menos não deu trabalho para os netos, pelo menos tinha plano de saúde, pelo menos se livrou de pagar a conta do hospital, pelo menos vai ser enterrado junto à mulher, pelo menos pegaram a assinatura dele antes, pelo menos fez o bem enquanto pôde, pelo menos morreu como um passarinho, pelo menos acabou o martírio, pelo menos atenderam seu último pedido, pelo menos agora vai ao encontro do Pai, pelo menos se converteu no fim da vida, pelo menos perdoou a filha, pelo menos teve dias de glória, pelo menos viajou pelo mundo, pelo menos conheceu a terra de seus ancestrais, pelo menos não vai mais se decepcionar com os netos, pelo menos os vizinhos ajudaram, pelo menos deu tempo para fazer o testamento, pelo menos o sócio acionou o seguro, pelo menos os irmãos se salvaram, pelo menos a namorada sobreviveu, pelo menos reconstituíram o rosto, pelo menos terminou a refeição, pelo menos não caiu na rua, pelo menos sobrou a casa, pelo menos a esposa não sabia, pelo menos não matará mais ninguém, pelo menos a mãe estava com ele, pelo menos recebeu a extrema-unção, pelo menos morreu feliz, pelo menos seu time foi campeão na véspera, pelo menos ela viveu com retidão, pelo menos eram fiéis a Cristo, pelo menos não se sente o cheiro dele, pelo menos o caminhão amassou pouco, pelo menos ela se divertiu com os sobrinhos, pelo menos o dia está claro, pelo menos o céu ganhou mais um anjo, pelo menos ele se livrou deste inferno, pelo menos, pelo menos, pelo menos.

## XVII. Enfim, rico

Pois se me lembrei do alívio que, para muitos, o fim traz — não seria para todos? —, valendo-me da expressão *Pelo menos*, a modo de corrente, em uma ocasião me trouxeram um pobre homem, e reservo um minuto para resumir a bonificação que a vida, interrompendo-se nele aos 50 anos, deu-lhe em uma só fiada de *Pelo menos*, ou, se preferirem, de *Graças a Deus*.

Nas palavras dele, *Pelo menos* ou *Graças a Deus*, eu não vou mais despertar com as mãos doloridas de ontem, ou queimadas pela cal de hoje, nem empunhar o dia todo a velha colher de pedreiro, estou livre das comidas insossas, dos cobertores puídos, dos cômodos exíguos, das paredes imundas, das roupas com remendo, da aguardente chinfrim, do macarrão barato, do arroz reles, livre dos móveis de carregação, das horas ordinárias que vivi e que me incharam de memórias também ordinárias, livre das conversas vulgares, do fedor das latrinas, dos domingos sem esperança, do corpo malnutrido, do sangue vil, dos dentes malcuidados, da miséria de cada um dos meus dias, da fé falaciosa, do desejo imerecido, livre dos meus filhos, que, por desgraça, repetirão a minha sina, livre do dinheiro contado, dos efeitos da ignorância, do caixão grosseiro, da vida de segunda classe.

Assim, ouvindo o queixume daquele pobre homem, que nunca foi sumo, mas a existência inteira bagaço, considerei-o de súbito transformado, pela graça do fim, num rico defunto.

## XVIII. Onde?

Os que estão em mim se perguntam:

Onde aquele desejo de cortar com facão as unhas da realidade; onde a vontade de gritar quando acordei num dia de sol na terra da meia-noite; onde o Alhambra visto da janela de uma casa do Albaicín; o sorriso do meu amor à beira de um cipreste; a sensação de liberdade quando dei o primeiro passo; onde a dor oca da gengiva lambuzada de sangue depois que me extraíram os dentes; a certeza do perigo a cada vez que eu roçava com o dedo o gatilho da arma; onde a face retratada pelo meu último olhar; o laço perfeito que dei para segurar meus cabelos; o pente pélvico que tanto me enlouquecia; o poder e a glória daqueles meus anos de juventude; a certeza íntima do fracasso lá no fundo de mim que (para os outros) soava como vitória; onde as inumeráveis aprendizagens ao longo de minha existência; aquela minha perícia para moer a alegria alheia sem dizer uma palavra; os estertores dos meus gozos; o rumor da chuva na lâmina de zinco; o aroma do café acordando a manhã nas minhas narinas; onde as farpas que rasgaram minha carne; o repentino escuro no meu coração; o sentimento de ausência nos anos de exílio; os inesperados jorros de felicidade; onde as inquietações que pareciam ser tão arrasadoras; a consciência brutal no torvelinho do dia a dia; as mentiras contadas (para nos salvar) e as aceitas (para salvarmos os outros); onde os momentos em que eu me sentia tão vivo; onde as horas de sagração que me faziam acreditar no êxtase supremo; onde a empáfia diante dos meus subalternos; as miúdas vicissitudes que pareciam tão grandes; onde as reses pastando nos meus olhos de dono; os pedidos de perdão jamais atendidos; as segundas-feiras irrompendo, como feridas, nas noites tristes de domingo; onde tudo o que vivemos e se evolou para sempre no exato instante que vivemos; onde o mundo de cada um, que coube nas grades de suas vivências; onde o enxame das partículas (únicas) da matéria volátil que chamavam de "eu"?

*Aqui*, eu lhes respondo!

---

## XIX. Sonhar comigo

Se você sonhar comigo, ou com qualquer cemitério, o que significa?

Intérpretes de sonhos pouco experientes dão suas explicações: você vai passar por um renascimento espiritual, você precisa se reinventar, você iniciará uma nova etapa em sua vida. Sonhar comigo, portanto, nada teria a ver com a morte física, perdas iminentes, sentimentos macabros. Para outros intérpretes (mais vivos), depende dos detalhes do sonho. Sonhar com cemitério em dia de sol é sinal de que você tem, no plano cósmico, a proteção de alguém que morreu e o amava. Sonhar com cemitério em dia de sol e de brisa significa que, em breve, você receberá uma boa notícia. Sonhar com cemitério em noite chuvosa é certeza de que um dissabor está a caminho. Sonhar com uma sepultura num domingo é apenas prenúncio de saudade.

Sonhar com uma sepultura numa tarde de sábado é aviso para você se desapegar do mundo material.

Alguns intérpretes (mais cautelosos) afirmam que depende do contexto. Se alguém morreu recentemente em sua família e você sonha com cemitério, a explicação é uma, distinta daquela que seria se esse fato não tivesse ocorrido. Como as palavras, que passam a ter sentidos diversos, conforme a circunstância em que surgem, solitárias ou junto a outras, os sonhos com cemitérios vão no mesmo rumo; não há uma interpretação cristalizada: são águas que tomam a forma do recipiente. Por si só, não passam de enunciados vagos, longe estão de ser um texto expressivo. Sonhar comigo, ou com qualquer cemitério, pode significar mil coisas. Inclusive — perdoe-me a brutalidade — nada.

---

## XX. Vistas parciais

Quem vem do norte, pela rodovia, ou pelo trançado das lavouras, vai me ver de costas, um trecho apenas do meu muro dos fundos, sujo da terra vermelha, que se ergue em nuvens da estrada por onde os caminhões carregados de cana-de-açúcar passam em alta velocidade. Esse meu muro dos fundos é anualmente pintado de cal branca, uma semana antes do Dia de Finados; saindo dele, em transbordo, avultam as extremidades de minhas antigas sepulturas, que, como línguas em silêncio, desafiam o céu, construídas todas na época em que ainda se louvavam os mortos forjando para seu repouso tumbas monumentais; ultimamente, meus túmulos são baixos, quase ao rés do chão, há que se ter cuidado, em muitas de minhas ruas estreitas, para não pisar neles, em geral de famílias humildes, uma elevação sutil do solo, imperceptíveis aos olhos tomados no caminho por altas e imponentes sepulturas.

Do sul, me veem pela face de que mais gosto, frente a frente com o meu portão principal, sobre o qual há uma placa de ferro retorcido que, tão simples quanto eu, traz apenas os dizeres *Cemitério Municipal*, e, como se partissem desse meu portão dois braços — eu, a dar as boas-vindas aos meus novos habitantes —, estendem-se, à direta e à esquerda, com a mesma extensão, meus muros de entrada. A rua adiante não é de terra batida, nem de paralelepípedos, uma casca de asfalto a recobre e se espicha até o centro da cidade; as duas quaresmeiras, poucos metros depois desse meu portão de maior acesso, acolhem o visitante com seus galhos delicados, e, aliás, já são notadas de fora, mesmo por quem passa de soslaio, em ritmo ligeiro, persignando-se; quem vem, para se despedir de seus mortos, tanto de carro, como a pé — houve tempo em que se enfileiravam cavalos —, costuma fazer uma parada (solene) à minha frente, por medo ou reverência, e eu, em respeito, nada faço, continuo aberto para o céu que me observa lá de cima.

Do oeste, a minha vista é sem encantos, o muro, de fora a fora, lembra um costão sem vida, sobretudo porque dali, pelo declive do terreno, não é possível ver meus túmulos a ultrapassá-lo; enquanto não se chega bem perto, sequer se imagina o que há do outro lado, pode-se, na certa, como já aconteceu, confundirem-me com a divisa de um terreno virgem, a murada de um estacionamento, o resguardo de um galpão; do oeste, sou visto quase sem definição, e, não raro, viajantes nem notam que passaram à beira de um cemitério; dali eu sou um rosto inexpressivo, incapaz de lhes provocar um arrepio, e se algo me aborrece, é não causar nada aos vivos. A indiferença, aprendi com meus enterrados, é um sentimento falso, não existe indiferença no coração daqueles em quem a vida teima em resistir.

Já se o observador vem do leste, sou visto rasurado pela curva do canavial, e, porque naquele ponto o plano é mais alto, uma parte de mim se mostra facilmente, de imediato se sabe o que está adiante, as cruzes que vazam de meu muro, a placa amarrada com um arame no portão lateral com os horários de visita (das 9h às 17h), o mosaico sombrio que a disposição de minhas tumbas esparrama no solo, as flores artificiais dentro dos velhos vasos, basta um olhar para reconhecer que sou o que sou, ali estou para ser visto pelos homens — e para embalá-los, quando a mim chegarem de olhos bem fechados.

---

## XXI. De dentro

Uma vez que passe por um de meus portões, ou, se preferir, salte um dos meus muros, você estará no quadrado de terra que me cabe neste mundo, e no qual guardo, abaixo dos jazigos, a matéria (em transformação) que, durante algum tempo, tomou a forma humana, cumpriu a sua jornada, deixou os vestígios a que chamamos de história e veio dar no que dela se esperava — outra matéria, resto daquela e, simultaneamente, fonte de outra vida, sujeita também à metamorfose.

De dentro de mim, precisamente sobre a minha superfície, e não abaixo, onde os mortos me habitam, você terá uma vista em parte das minhas alamedas (e nelas, os meus túmulos), em parte um retalho da paisagem lá fora — assim é para o observador dentro de qualquer sítio, ali ele vê um pouco de si e o muito do que ele não é. Essa vista, a partir de mim, é fixa, se direcionada ao alto, só o céu acima a me recobrir, em igual tamanho ao que ocupo no chão do planeta, e ela também oscila conforme o lado que você mira. Por ser pedaço de terra, e, como as partes sabem o que vai pelo todo, eu sei que, de dentro de outros campos santos, podem se ver fiordes, oceanos, encostas, pistas de aeroportos, favelas ziguezagueando morros, bares e restaurantes, avenidas empoçadas de automóveis; mas, de dentro de mim, você vê apenas o Pico do Selado, um trecho de rodovia, a fatia de um canavial (que, como uma adaga, a depender de sua posição, meu muro ao sul decepa), o início de um pasto por onde umas cabeças de gado se arrastam, e aquelas casas ali — o bairro da Vila Cláudia, periferia de Cravinhos.

## XXII. Minha caçula

Maria Eduarda Gomes é a minha caçula, a mais jovem vivente de minhas terras, segunda gaveta da perpétua 34. Breve, como sua vida, é a história que a trouxe a mim. A mãe, que anos depois veio para cá (ocupa a terceira gaveta, ao lado da filha), demorou quase quarenta anos para encontrar um amor — ou melhor, para cruzar com um marceneiro por quem não tinha nenhum sentimento, senão a compaixão daqueles que se flagram em igual destino, à procura de sentido para o que não tem sentido algum. Descobriu que poderia amá-lo, como a qualquer homem, e que se enganara em relação aos outros que um dia imaginara ter amado, pois tudo não passou de um desejo seu de amar, mais do que propriamente o amor que nela, por meio deles, havia existido. Constatou que esse marceneiro era um homem bom, e ela gostava de sentir o aroma de madeira que recendia de seu corpo quando chegava do trabalho, dos cabelos salpicados do pó de imbuia, dos olhos nos quais ela podia ver o perigo e o corte incisivo das serras — e, no entanto, os olhos eram tão doces —, e a ele se abriu inteira, para que houvesse ainda tempo, apesar dos riscos, de fabricarem uma criança. Logo que se deparou grávida, o mundo foi anunciando, como costuma fazer, com a secura das certezas, que a nova vida, em progresso nela, estava sujeita a iminentes defeitos, capazes de anulá-la lá dentro, ou — hipótese que a atemorizava — de anulá-la após ultrapassar a guarda das entranhas e alcançar o lado de fora. Ao saber que uma menina se expandia em seu ventre, pediu ao marido que a levasse a Pirapora do Bom Jesus, em cuja catedral rezou com devoção para que a filha nascesse sadia. Passou os meses finais da gestação em repouso e em prece constante. A criança — em mais um ato de desdém da natureza para com as contrariedades do mundo — nasceu perfeita. Quando completou um mês de idade, a mãe quis retornar a Pirapora para agradecer ao seu Bom Jesus pela felicidade que lhe reservara. Mas um trator, saindo de uma vereda diagonal, irrompeu inesperadamente na estrada dos romeiros no momento em que a família passava e estraçalhou a traseira do carro, onde Maria Eduarda, numa espécie de berço, dormia serenamente.

---

## XXIII. Angelim, o vidente

Meu túmulo mais visitado é o do menino Angelim, filho de uma costureira e um bancário. Tinha apenas 12 anos quando veio para cá, e eu, naquela época, deixara de ser um cemitério jovem e havia aprendido, tanto quanto os homens, que não devemos procurar explicação para certas coisas, a habilidade premonitória de algumas pessoas, por exemplo; com ou sem explicação, elas vão continuar antecipando acontecimentos — e sem poder evitá-los, como se deu com Angelim.

Há quem acredite que a vidência é um dom raro, concedido a predestinados, a quem são dadas forças sobressalentes para suportar a responsabilidade, mas não são poucos os que a consideram uma danação — afinal, que bem um vidente pode usufruir se registra dias antes a alegria que chegará para um vizinho? Ou que pesar pode sentir se detecta, a caminho, a dor endereçada a um parente?

## XXIV. Meus quatro muros

E o que eles têm a dizer?

Do lado de fora, eu vejo uma rua de paralelepípedos; e eu, uma estrada de asfalto; e eu, uma rua de terra; e eu, a mesma rua, mas por outro ângulo, e, por esse ângulo, eu vejo uma touceira de capim-gordura e umas margaridas tremulando ao sol, e nós quatro vemos a lua, as estrelas e o Pico do Selado, nós vemos o vaivém dos homens a pé, em bicicletas, automóveis e tratores; eu vejo um cachorro esmagado por um caminhão; e eu, mulheres carregando baldes d'água na cabeça; e eu, um bando de ciganos; e eu, uns meninos jogando bola, e nós vemos um circo mambembe, a torre da igreja, a linha do horizonte se fundindo com a serra lá longe; do lado de dentro, eu só vejo túmulos, túmulos, túmulos, aqui e ali umas árvores e uma capela; e eu, o mesmo; e eu, idem; e eu também, e nós vemos fogos-fátuos, vaga-lumes, lagartos teiús, nós vemos os vivos sepultando seus mortos, vemos as flores murchando e os círios acesos; para baixo, eu só vejo terra; e eu, terra; e eu, terra; e eu, terra; e nós, terra, terra, terra, terra; e para cima, por uma nesga, eu vejo o céu ora límpido, ora tenebroso; e eu, o céu ora dia, ora noite; e eu, o céu ora púrpura, ora negro; e eu, o céu ora nuvem, ora chuva; e nós, o céu ora céu, ora céu, céu, céu...

E o que as paredes deles têm a dizer?

Eu tenho marcas de sapatos; e eu, salpicos de barro; e eu, pingos ressecados de mijo e sêmen; e eu, restos de areia e cal; e nós, desenhos de coração talhados a canivete, seixo ou faca, cortados por uma flecha, dentro dos quais está escrito Carlos e Zilda, Márcia e Renata, Tom e Matilde, Cris e Emerson, e inscritas em nossa pele, temos juras de casais apaixonados (que depois se desapaixonaram), "amor eterno", "razão de minha vida", "morro por você", "amor maior", e também umas expressões obscenas; em mim, desenharam um pênis voador, e em mim, um caixão; e em mim, uma privada; e em mim, uma flor; e em nós quatro, uma seta torta e singela (que não sabemos aonde vai dar).

E o quem vem dar neles?

Em mim, pousam passarinhos durante o dia, em mim também, e em mim, e em mim igualmente, e em nós, passarinhos, passarinhos, passarinhos; e à noite, em mim, pousa uma coruja; em mim, a mesma (às vezes); em mim, não, nem em mim, e em nós, sempre vêm dar as finas gotas de sereno, o nevoeiro das gélidas madrugadas, o látego do vento, e em nós sempre vêm dar as patas dos gatos, o sono dos bêbados, as unhas do tempo; em mim, atiram pedras; e em mim, frutas podres; e em mim, sacos de lixo; e em mim, um sapo; e em nós, acumulam preservativos, bitucas de cigarro, latas de refrigerante, um sofá velho.

E o que mais?

As lamúrias, os gemidos e os gritos de adeus.

---

## XXV. Primeiro beijo

Talvez o título deste capítulo seja motivo de zombaria, mas é o que cabe. E, é óbvio, o beijo não se refere ao meu primeiro, eis algo que jamais sentirei com inteireza, não faz parte das experiências vivenciadas por cemitérios. Há quem tenha beijado meu portão (ébrios, alienistas e lunáticos), e, vez por outra, alguém beija a placa, a lápide, o retrato de um de meus jazigos. O beijo, no entanto, se refere ao primeiro que vi ser dado e devolvido, e, mesmo sem ter pendores para o voyerismo, minha condição me obriga a observar, com os olhos bem abertos, o que está ao alcance do meu campo de visão. Era noite de outono, sem lua aparente, as estrelas ocultas nas dobras escuras do céu. Um casal se aproximava, a passo lento. Vinham abraçados: ele (um adolescente), ela (uma mulher). De repente, pararam, ela se encostou em meu muro lateral, ele a enlaçou, e ali ficaram, face a face, quando, então, deu-se este diálogo e o consequente beijo:

Ele:...?

Ela:...!

Ele:...?...!

Ela:...!!!

Ele:?

Ela:...?

Ele:!

Ela:!

Ele-Ela:!!

---

## XXVI. Um novo adeus

Ela tenha talvez 20 anos, chegou sozinha, caminhando devagar e, posso sentir, não tem medo de atravessar minhas aleias, eu que não sou um lugar atraente para jovens — e para ninguém —; aliás, embora muitos me respeitem, não sou ponto turístico, como alguns de minha estirpe, raras são as pessoas que me frequentam com regozijo, quase todas aqui vêm contrariadas.

Ao ver a moça, saí de minha posição entediada, depois de passar a manhã inteira sem visita, eu queria que alguém notasse quão cálido e prazeroso pode ser o sol do meio-dia se espargindo entre os meus muros, e, então, dei toda a minha atenção para ela, que me pareceu familiar. Seus cabelos negros, presos por um elástico invisível, o rosto sereno e os olhos expressivos revolutearam pela minha memória, e eu a encontrei, dois anos antes, no sepultamento de um senhor na perpétua 45. Era uma tarde amena de outono, ao seu lado havia meia dúzia de pessoas, das quais um casal com uma criança se destacou à minha vista, a mulher, discreta, trazia o filho ao colo, o marido alto e esguio, os olhos molhados pela perda, imaginei ser irmão da moça, embora ambos não fossem tão parecidos; haviam se deslocado até mim, claro, para enterrar alguém que amavam, e eu prefiro que seja assim, que venham apenas os íntimos do morto e que foram (de fato) afetados pelo seu fim, quanto maior o público, menor o amor, se bem que — agora me recordo — o morto vivia em São Paulo, era professor, mas nascera em Cravinhos, trouxeram-no para cá atendendo ao seu último pedido, por isso (talvez) tão pouca gente em seu cortejo — aliás, a meu ver, prestígio verdadeiro gozou, em vida, aquele que aqui arrasta só meia dúzia de pessoas.

Observo atentamente a jovem, e, em vez de investigar em meu corpo de terra granuloso, sob a sepultura, quem está na perpétua 45, motivo que a trouxe a mim, eu prefiro mirar a placa diante da qual ela está; vejo o nome ali grafado e as datas de início e fim, e descubro que é mais um João, dos tantos que cá estão, faço rapidamente as contas e concluo que ele, hoje, teria 75 anos. Pela diferença de idade entre ambos, pensei que esse João era o avô dela, mas, com uma certeza lancinante, sei que ele é (na verdade foi) o pai. Sei porque detecto, sempre, no corpo dessas criaturas desamparadas, a postura resignada, as pernas trêmulas, o peso invisível das perdas sobre as espáduas. E como sou terra, igual à própria moça, e ela é terra igual a mim, eu acaricio os seus pés (que são meus também) e, sem demora, eu me diluo no barro de seu corpo, eu entro na sua corrente de pensamentos e vou girando, e eu sou ela, Beatriz, e eu sinto a leveza de seus 20 anos, e eu vejo algumas cenas que ela vê, lá dentro de si, episódios que ela viveu, essas linhas do texto que constituem a sua única e insubstituível vida, eu vejo um homem velho descascando uma fruta e o vejo oferecer os gomos a ela, e eu sinto por esse homem, de repente, pai, um amor grandioso, e eu sinto que ele não é nem nunca foi ornato (nem embaraço) para mim, ele é um das muitas linhagens entrançadas da minha existência, e o sol que me atravessa é um sol que me alegra porque me ensinou a aceitar a luz, me ensinou a dobrar os dedos e reter na palma da mão a noite como um grão (de abismo) para que eu me lembre, a cada amanhecer, que a noite, ali estará, invariavelmente, no fim de todos os dias, me ensinou que não devo cantar as minhas dores para não aborrecer os outros, mas devo cantar, sim, sem abrir mão das minhas dores, cantar no grau máximo de sinceridade de minhas dores, cantar meu júbilo sem que, para isso, dispense as minhas dores, cantar meu júbilo porque dele fazem parte as minhas dores, e eu, menina sentada na garupa da bicicleta, o pai pedalando devagar, o pai cantando baixinho para mim, para não perturbar a paisagem, eu não vejo o que ele vê lá adiante, eu vejo apenas as costas dele me poupando do medo, eu vejo as costas dele tão frágeis — e eu, que abrigo as pessoas, as suas costas em contato com o escuro da minha terra, eu pergunto, o que existe de mais frágil senão as costas de um homem?, e eu, agora sei, mais frágil que as costas de um homem são as costas de uma criança atrás dele, uma criança que pensa poder protegê-lo com a ternura e a ignorância de seus 2 anos —, atrás dele estou eu, Bia, no ápice da vulnerabilidade, sujeita à inegável traição do futuro, quieta, como o caule de uma flor à espera da tesoura que o cortará, aberta, como uma menina, ao perigo, mas eu me seguro forte na cintura dele, pequenas e inábeis são as minhas mãos, eu ergo os olhos e vejo seus cabelos grisalhos, eu me seguro mais forte na cintura dele, eu o ouço cantar baixinho para mim, e eu jamais sonharia que um dia desejaria mais uma vez, uma única vez, que eu estivesse de novo ali, naquela bicicleta, ouvindo-o cantar para mim, nós dois apenas, fora do redemoinho destruidor do tempo, e a sua voz tão sua em mim, a sua voz tão minha dele, a sua voz me levando a apoiar a testa em suas costas à minha frente, a sentir sobre a dureza de seus ossos uma vontade de dormir, de dormir e estar com ele quando acordasse — e isso é tudo que uma criança deseja, ter alguém que a ama quando despertar —, eu ouço meu pai cantar, enquanto pedala, e eu vou adormecendo, alheia à chuva que começa a cair, virulenta, livre da escuridão que se faz na cúpula celeste sobre nossas cabeças, eu, Bia, órfã de mãe quando mal completei um ano de vida, quase sem ter convivido com ela, Juliana, minha mãe, senão o mesmo tempo dentro e fora de seu corpo, sem ter visto se desenhar para mim em seu rosto um sorriso, sem que meus ouvidos tenham se servido fartamente de sua voz, eu, Bia, eu me vejo na companhia unicamente dele, e eu vejo tudo, tudo, tudo o que eu vivi com ele, João, meu pai — João, meu pai, que saudade! —, e, desse tudo, eu vejo umas fatias de nós, você me levando, meu primeiro dia de aula, na Escola Serelepe, você comigo no banco da praça, eu com meu balão verde e uma alegria tão explosiva que me mantinha em silêncio, e nós dois subindo a serra numa noite lotada de estrelas, tantas vivências que não foram (e são) nada para o resto do mundo, mas que foram tudo para nós naquela hora, meu pai velhinho, meu pai bonito e triste, e eu, eu sou agora todas as tristezas que ele sentiu, eu herdei todas elas, eu herdei porque ele sabia que eu poderia suportá-las, o que é meu é meu, ninguém pode ter, nem para me privar, nem para me aliviar, e eu estou aqui para ter o que me pertence, a minha história, que é só minha, a minha tristeza (que tem tanto de você, pai), a minha futura alegria, porque, eu aprendi com você, pai, mais dia menos dia, eu me realegrarei, por mim e por você, mas hoje é só isso o que eu tenho...

Então, incapaz de me manter de pé sem alguém que me ampare, incapaz de ser forte como essa moça, eu a deixo com a sua tristeza, que a tristeza não pode ser dividida como os gomos de uma fruta, a tristeza é só daquele que conhece a utilidade da casca e a sua prévia condição de refugo, eu a deixo com seu pai e retorno à minha porção de terra, ao pó que eu sou, ao pó que haverá de acolher os que estão a meu caminho, obrigados, novamente, a ser o que somos, eles e eu, apenas pó, mas não pó de resíduo, e, sim, pó para a lavoura da ressurreição, pó para o cultivo de outras (e outras e outras e outras, mal ou bem-vindas) vidas.

---

## XXVII. Saltos

Esqueci, e desesqueço agora, de ter informado de saída (ou seria na entrada?) deste relato que haveria pulos meus, de tempos e de tópicos. O que posso fazer? É de meu feitio, pela disposição espacial, ir de um jazigo a outro, dessa matéria àquela, dar saltos triplos, ou ornamentais, para ganhar terreno, caminhar mais rápido. A trajetória de uma vida não é linear; embora seja corrente a expressão "linha do horizonte", essa linha, em verdade, é uma curva.

## XXVIII. Por que não sou um cemitério modelo

## XXIX. Coro da *causa mortis* ou Por que vieram para cá

Eu vim por um AVC; e eu, por um infarto aos 30 anos; e eu, porque me tocaiou o marido de minha amante; e nós, direto de um acidente com um ônibus desgovernado, nós, boias-frias, no caminhão, conversando sobre as varas de cana que tínhamos cortado durante o dia; e eu, aos 6 meses de vida pelo disparo acidental de uma arma; e ele ali, pelas facadas de um vizinho ensandecido; e aquele lá, mudo em vida, mudo agora morto, por um aneurisma; e aqueles todos, da perpétua 35, mortos pela gripe aviária; e eu, por velhice, cansaço de respirar, de abrir os olhos, de mover os cílios, as memórias tão pesadas, cansaço de acordar e ter de chamá-las à consciência para que eu me reconhecesse nos atos passados; e nós, pelos mais diversos tipos de câncer, seria monótono enumerar, seria perder tempo, embora tenhamos todo o tempo do tempo; e eu, por um facão bem espetado no ventre; e elas lá, três irmãs, por veneno de rato, a mais velha quem o polvilhou na comida; e eu, porque meu pai me deu o remédio errado, o pai que eu tanto amava; e eu, que acabei vindo me reencontrar com ele nesta campa estreita, não por remorso, mas por ataque cardíaco; e aquele casal, do túmulo em frente ao portão, pela febre aftosa, ele primeiro, e ela logo depois; e eu, por tristeza; e eu, por não suportar viver sem saber quando morreria, quando deixaria de ver a face de meus filhos (tudo o que eu pediria, se pudesse alterar as margens dos fatos consumados, é que me permitisse vê-los uma vez mais, só por um minuto); e eu, por fome mesmo, fome de comida; e eu, por outra fome; e nós cinco, nessas campas próximas, pelo mesma toxina, então desconhecida; eu, o menino da perpétua 9, pelo coice de um alazão, e o pai dele, pela foice de um roceiro com quem se pegou em luta; e o roceiro, pelas mãos de um bandido, e o bandido, pelo tiro de um policial, e o policial, pelo tiro nas costas de outro bandido; e eu, por uma overdose de barbitúricos; e eu, pela falta de água potável, e minha filha, por um amor enganoso; e ela ali, de apenas 15 anos, por um vento gelado; e aquele, por ignorância (não sabia que a erva colhida para o chá era letal); e a senhora da perpétua 76, pela alergia ao trigo...

E eu, campo santo, ponho-me a pensar por qual motivo virá o coveiro, que remexe todos os dias minhas terras, e sua jovem mulher, e a moça que todo fim de semana vem limpar o túmulo dos pais e renovar as flores dos vasos, e o garoto que vez por outra atravessa de skate os meus passeios, e as galinhas que ciscam entre meus túmulos, e eu, e eu, eu, por qual motivo chegarei ao fim?

---

## XXX. Coro de meus futuros moradores ou *Para nada*

Eu faço cestos trançando folhas secas, eu domo cavalos bravos, eu roço navalheiras, eu destruo prados, eu quebro pedras, eu serro madeiras, eu aparo madeixas, eu caço corças, eu corto lenha, eu rasgo a terra, eu aro horizontes, eu teço teias, eu desteço teias, eu rosqueio parafusos, eu piloto escavadeiras, eu oro pelos pecadores, eu faço viagens astrais, eu dedilho piano, eu debulho alhos, eu ensino bordado, eu enveneno o ar, eu afio foices, eu ceifo florestas, eu apascento ovelhas, eu pastoreio cabras, eu bateio lama, eu liberto lençóis d'água, eu vigio moribundos, eu varro ruas, eu cozinho em tachos, eu raspo ferrugem, eu limpo fossas, eu cavo poços, eu fio mentiras, eu preparo canções, eu fabrico fome, eu mato pessoas, eu sonho grandezas (porque sonhar é sem medida), eu limo lâminas de aço, eu colho cereais, eu revendo frutas, eu meço distâncias, eu coleciono miragens, eu governo homens, eu mando num sítio, eu comando um grupo, eu guerreio, eu sirvo ao balcão, eu gerencio um engenho, eu produzo pinga, eu estrago festas, eu trituro cassacos, eu pesco náufragos, eu ataco os fracos, eu libero a libido, eu ergo usinas, eu seco açudes, eu demarco divisas, eu fendo rochedos, eu atravesso savanas, eu degolo respostas, eu esmerilho metais, eu durmo e danço, eu cultivo pesares, eu planto pestes, eu faço gente rir, eu vivo de perguntas, e eu, eu conto histórias: *Para quê?*

---

## XXXI. Coro dos parentes ou A vida continua

Fizemos votos de pobreza, mas aceitamos óbolos. Abominamos incêndios, mas levamos fósforos no bolso. Apreciamos a pesca, mas nos afligem os anzóis. Queremos assar o pão, mas o forno está frio. Pisoteamos as uvas, mas o mosto desanda. As palavras não correspondem (nunca exatamente) ao que sentimos, mas teimamos em usá-las. Vivemos para nós mesmos (entre os outros), mas nem assim nos conhecemos. Apreciamos flores silvestres, mas inventamos vasos. Admiramos paisagens, mas fechamos janelas. Somos desajeitados para as carícias, mas sabemos (desde sempre) desferir tapas. Não represamos o vento, mas fazemos hélices para cortá-lo. Sonhamos com festas, mas o destino nos brinda com féretros. Cozinhamos finos quitutes, mas perdemos o paladar. Desejamos ser leves, mas, sob a carne, carregamos ossos. Almejamos grandezas, mas, com nossos braços, só enlaçamos uma pessoa. Deitamos na relva para contemplar a lua, mas as nuvens a ocultam. Sentimos a exaltação dos ânimos, mas o tempo os apara antes de esmagá-los. Pensamos ter razão, mas o destino nos mostra que, em nossas mãos ensanguentadas, só sobram enganos. Acreditamos que a fé frutifica a sorte, mas, em verdade, só a mutila. Somos jovens, mas envelheceremos. Somos velhos, mas já fomos jovens. Vivemos esses anos todos, mas nem parece. Vivemos esses anos todos, mas continuamos fedelhos. Vivemos esses anos todos, mas, a cada manhã diante do espelho, perguntamos, desesperadamente, *Aonde foi parar a nossa vida?*

## XXXII. Olhos secos

De um jovem, que veio a mim certa tarde enterrar o pai, escutei: *Esse é o dia mais seco dos meus olhos.*

Eu bem o compreendo: os meus olhos, embora vejam diariamente outros, molhados e rubros, continuam secos.

## XXXIII. Uma epifania ou a moça manca

Ela apareceu uma tarde, atravessou-me pelo portão principal e foi, lentamente, à procura da perpétua 12. Parou em frente à tumba, deitou umas flores junto à lápide — seu pai repousa lá —, fechou os olhos e fez uma oração. Aturdi-me não por ela produzir, mais uma vez em mim, essa cena, mas por seus passos defeituosos, de arrasto. A modorra daquela tarde quente me entorpecera, eu estava distraído, mirando a brisa mover as folhas das quaresmeiras. Demorei para constatar que ela puxava de uma perna. Se andasse depressa, não ocultaria que era coxa — não sei se pretendia esconder o defeito ou se já desistira de fazê-lo —, certamente, para quem manca, o lento caminhar é menos desconfortável que o lépido. O lépido revela logo a intenção. O lento entrega aos poucos a sua verdade. Acompanhei-a com o olhar, metro a metro, pelo curto trajeto; era moça (breve chegaria à mulher), mas já mostrava a si e aos outros a sua (e a deles) irreparável condição. Num instante, indo do zero ao máximo na escala da compaixão, percebi que todos que aqui vêm deixar um ser amado também se arrastam como aquela moça; são coxos de algum membro ou sentido, e, por mais que cubram com seda e ouro o seu aleijão, não há como ocultá-lo. Continuei a observá-la quando fez o percurso de volta, esgueirando-se pelas sepulturas até alcançar meu passeio central. O sol refulgia em mansa convivência com a tarde, e eu, com os dois pés na tristeza, fiquei, naquele momento epifânico, a vê-la sair de mim, andando daquele jeito — uma perna regular e sã, a outra cambaia e torta.

## XXXIV. Lápides e observações

**1**

*José Antônio Furtin*
*03/04/1927 - 07/07/2012*
*Carlos Henrique Furtin*
*09/11/1963 - 07/07/2012*
*Maria Clara Santos Furtin*
*15/08/1970 - 07/07/2012*
*Clarice Santos Furtin*
*23/12/2010 - 07/07/2012*
A tão desejada viagem de férias à praia.

**2**

*Paula de Cássia Araújo*
*14/12/1962 - 10/09/1974*
*Karina de Souza Leão*
*08/04/1962 - 12/10/1974*
*Evair Monteiro*
*30/08/1965 - 15/09/1974*
*Marcos Henrique Silva Lopes*
*12/05/1967 - 23/09/1974*
*Maísa Tavares Maranhão*
*25/01/1963 - 30/09/1974*
*Carmina Tavares Maranhão*
*19/06/1966 - 04/10/1974*
O surto de meningite.

3

Lado materno de José Veiga Silva:
*Ângelo Antunes 1876 - 1972*
*Matilde Machado Antunes 1901 - 1993*
*Adálida Machado Antunes 1904 - 1998*
*Marilda Antunes Odessa 1912 - 2007*
*Carlos Roberto Odessa Veiga 1919 - 2011*

Lado paterno de José Veiga Silva:
*Paulo de Castro Machado 1887 - 1934*
*Sônia Machado Oliveira 1916 - 1957*
*Edmundo Machado 1918 - 1963*
*Mariana Machado Silva 1944 - 1992*
*Vitor Machado Silva 1964 - 2005*
De qual lado está a sua sorte, José?

4

*Cláudia Santana*
*12/05/1963 - 12/05/2000*
Coincidência?

---

## XXXV. O coveiro

Saulo nunca diz seu nome quando batem à casa anexa a mim, onde ele mora com a esposa, residência de outros que o antecederam; apresenta-se dizendo *Eu sou o coveiro*, e até com certo orgulho, assim como outros dizem *Eu sou engenheiro*; *Eu, advogado*; *Eu, médico*; *Eu, o prefeito*; *Eu, o caminho, a verdade e a vida.*

Vem sendo o meu companheiro nos últimos dez anos — antes, foi varredor de rua, assistente de pedreiro, pedreiro, pintor de parede, mestre de obra, entregador de leite, florista, horticultor, lavador de carro.

É zeloso com meus jazigos e portões, minhas ruas e aleias. Dele, quase não tenho queixas; não considero uma desfeita quando, sem visitas por perto, e com preguiça de ir à sua casa, ele mija no tronco de uma de minhas árvores.

Seria óbvio compará-lo a seus predecessores, mas, se tenho saudades — um cemitério também as tem — de um ou dois coveiros, que viviam contando piadas de humor negro, evito me recordar de outros, que protestavam contra sua sina e larapiavam, às furtivas, objetos de valor dos defuntos.

Só me aborrece em Saulo o costume de levar dependurado à cintura o radinho de pilha. Não me perturba vê-lo para lá e para cá com o aparelho colado à orelha; desagradam-me, apenas, as músicas que escuta em alto volume e lhe causam tanto contentamento.

Não sei de qual lado estão os mortos: se seus ouvidos, embatucados de terra, alinham-se ao gosto de Saulo, ou se partilham de minha indignação — o que pouco importa; não podemos impedir o coveiro, nem ninguém, de se alegrar com seu *axé music*.

---

## XXXVI. Saques

Quando eu era um cemitério menino, os saques aos meus mortos aconteciam com regularidade. Ladrões aproveitavam os bailes nas noites de sábado, quando o barulho da banda musical ressoava longe, e, sorrateiramente, pegavam as joias dos defuntos — era costume enterrá-los com seus adereços preciosos, às vezes para evitar conflitos de partilha entre os familiares.

Um dos ladrões, o mais cioso e inteligente, acompanhava os enterros e, ao constatar que o falecido portava objetos de valor, roubava-os na mesma noite, aproveitando o serviço ainda recente do coveiro. Flagrei-o numerosas vezes em ação e me sentia impotente por não poder denunciá-lo. (Mas, anos depois, lá veio ele descansar no meu jazigo 62).

Indignados com os saques, parentes dos mortos acorreram para reclamar ao prefeito da época, que, então, destacou um guarda-noturno para vigiar o meu quadrado. Mas os ladrões mudaram a tática e passaram a agir à luz do dia, nas folgas do coveiro — um velho, naquele tempo, cúmplice deles!

Aos poucos, foram se tornando escassos os defuntos ornados com algo valioso — não para eles, mas para os vivos. Assim, os saques se reduziram, até quase cessarem totalmente.

A violação aos mortos foi deixada de lado e transferida para os túmulos: os larápios passaram a surrupiar alças, placas e vasos de cobre, tijolos, cimento, baldes, o que estivesse à vista, realizando mais uma coleta do que uma profanação.

No entanto, um tesouro se esparrama sob as minhas tumbas: se fecho os olhos, vejo, entre ossos e cabelos, uma aliança de ouro na perpétua 19, outra na perpétua 25, um anel solitário e um pingente com duas safiras azuis na perpétua 39, uma pulseira de ouro branco na perpétua 16, um relógio de bolso com uma corrente de ouro na perpétua 33, uns brincos de diamante na perpétua 117, uma placa e dezesseis parafusos de platina na 73 – e, aqui, interrompo a lista; a ninguém servirá esse meu conhecimento.

De duas décadas para cá, os objetos são de outra estirpe: repousam na terra, dentro das campas, marca-passos, seios de silicone, coroas de porcelana, piercings, medalhas de latão, próteses ortopédicas, aparelhos para surdez — e, aqui, interrompo a lista pelos motivos anteriores.

O fim dos saques revela a desimportância a que cheguei; para que vigiar ou proteger uma pobre cidade de mortos?

---

## XXXVII. O dia seguinte

Sujam-me, depredam-me, assolam-me. Sempre me pego ultrajado no dia seguinte a Finados: o chão imundo de lama (os ouvidos de rogos), os passeios inteiramente pisoteados, umas velas (mais duradouras) na agonia do derretimento, meus cestos de lixos a vomitarem talos de flores — e as flores, como um extenso campo ondeante de primavera, apodrecendo sobre minhas sepulturas. A algumas faltaram visitantes, mas outros, piedosos, vendo-as nuas, ali deixam alguma rosa do maço de seus mortos. Um ato de virtude, que me recorda o comentário de um senhor sobre a virtude ser uma flor cheirosa e sã — e o vício, o seu estrume. Quanta virtude, de incontáveis matizes, junta-se aqui em Finados, adubada pelos seus vícios predecessores! Aborrecem-me mais as máscaras que os rostos escalavrados. Demoro um par de semanas para usufruir, novamente, das benesses do sossego e da normalidade de uma ou outra morte. Só me acalma o silêncio, que, embora tardio, uma hora se refaz. Quebram-no em migalhas, e o silêncio se regenera. Mas a vida não. Nem eu: a cada Finados, ganho o corte de uma nova aflição.

---

## XXXVIII. Um gesto

Deu-se aqui, noutra ocasião, uma cena, e o que mais gravei dela foi o gesto que lhe pôs fim, ao menos até onde pude assisti-la, pois continuou para além do meu portão lateral. Também a protagonizou um casal, mas um casal de crianças, talvez irmãs: iam as duas caminhando entre minhas perpétuas, não sei se seguiam os pais, que estariam à frente, ou — o mais corriqueiro — se estes se encontravam atrás e os pequenos se adiantaram; o fato é que os pequenos, movidos pelo mesmo impulso, repentino, começaram a saltitar alegremente, como se não estivessem num campo santo, mas num bosque.

Tanto eu lhes parecia um bosque — e aí se deu o fim da cena —, que, num ato combinado, deram-se as mãos e saíram a correr rumo à rua — e ao topo do contentamento. Tanto a cena quanto o gesto seriam, em princípio, triviais, mas a leitura (e a sua anterior escrita) atende sempre ao molde do instante, e, assim, ajustei o contexto à realidade. As duas crianças, interpretei-as como a Vida e a Morte: esta e aquela a saltitar distraídas, ou a correr curiosas, e sempre de mãos dadas. Onde uma, a outra.

## XXXIX. Ainda sobre as duas crianças

A Vida e a Morte. Saíram as duas, como relatei, em alegre carreira para além de meus muros — mas continuaram em minha imaginação. Não há novidade em saber que à primeira vai sempre imantada a segunda, mas desta não lembramos a toda hora que vem e vai em consequência daquela, dando-lhe a causa para o seu efeito. É a maneira que ambas, em concílio, nos permitem continuar nossos dias com algum propósito, dispersando as suspeitas entre as ocupações, porque o susto que tentamos evitar — o preciso instante em que elas soltam as mãos — nunca nos surpreende por ser pontual, mas por ser em hora inesperada.

## XL. Presentes e ausentes

Reparo com minúcia nas pessoas atrás dos cortejos, e as classifico em dois grupos: os parentes e amigos que vêm a mim e choram, por obrigação ou apreço pelo morto. E os ausentes — com seus motivos (legítimos) porque faltaram.

Os primeiros — entre abraços e soluços — procuram palavras para mover o tempo, tão inerte quanto o homem, a mulher — às vezes, a criança — que jaz no caixão. Murmuram *Quando? Como? O que disse antes de morrer?* E outras variáveis, para as quais tanto faz a resposta.

Já os segundos — comprovo a cada enterro —, tanto quanto o morto, são sempre lembrados (pelos primeiros) justamente por sua ausência.

## XLI. Lamento de um pai inconsolável

Meu filho se foi esta manhã e aqui estou para enterrá-lo, eu que acordei cedo, como todos os dias, e fui à padaria comprar pão fresco, sempre dois para ele, que tinha muita fome, meu menino na idade de crescimento, tão bonito, os cabelos crespos como os da mãe, mas os olhos, os olhos verdes iguais aos meus e aos de meu pai, nós dois às vezes vistos como irmãos gêmeos, se existissem gêmeos de diferentes idades, se existisse um gêmeo que envelhecesse mais rápido que seu irmão, se não existisse a adaga do destino para cortar um irmão gêmeo da vida muito antes do outro; e, quando saí de casa, o dia era mais um dia, um dia tão dia que eu nem me surpreendi de estar nele, respirando, a vida seguia o seu curso sem dar atenção à minha vontade e à de ninguém, a vida se fazendo nas bordas dos fatos, ou na sua fundura, conforme o seu próprio querer, desrespeitando os desejos de todos, porque não há mesmo como agradar a um e não a outro, de forma que, no empuxo de suas ações, ela nunca se deixa levar pelas nossas súplicas, a vida continuava nesta manhã, como sempre, agindo por si só, guiada simultaneamente pela sua debilidade e seu tônus, à revelia dos castelos que se erguiam ou dos campos em ruína à sua passagem, a vida continuava do seu jeito, calma e arrasadora, calma a ponto de parecer que nada acontecia, que a monotonia, para não nos enlouquecer, variava algum detalhe, como a intensidade da luz entre a ramagem das árvores, manchando de sol as calçadas, a cor do carro a dobrar a esquina, o timbre de voz das crianças em conversa rumo à escola, umas miudezas que escondiam o barulhento motor das mudanças, porque, sendo daquele seu jeito, oblíquo, a vida me parecia sob controle, eu ia chegar em casa com os pães (ainda quentes da fornada), sentar-me à mesa do café, e, uma vez que a rotina seguiria à risca o seu roteiro, Maria estaria ali, na cozinha, de olho no leite que fervia sobre o fogão, cortando as frutas para mim (se ela estivesse adiantada), retirando da geladeira o queijo e a manteiga (se atrasada), e o nosso menino, que ela já teria chamado inapelavelmente com um toque carinhoso e as mântricas palavras *Está na hora, Mateus*, o nosso filho, em questão de minutos, se juntaria a nós, e um ao outro nos daríamos bom-dia, e ela, embora diante dele, homem saído havia pouco de um menino, via-o ainda como o seu menino embutido num homem, ela perguntaria *Dormiu bem, querido?*, e ele apenas moveria a cabeça, num "sim" sincero, mesmo que fosse um "não" desmentido (só para poupá-la), e eu nada perguntaria, eu apenas o miraria às furtivas, reconhecendo nele o meu retrato quando jovem, eu orgulhoso por vê-lo crescido, ali, à nossa frente, ele em minutos pegando sua mochila e dizendo *Tchau, pai, Tchau, mãe,* em direção ao seu trabalho, eu sem pensar que poderíamos perdê-lo de um minuto para outro, eu comendo sem pressa meu pão com manteiga, e vendo meu filho fazer o mesmo, esquecido de que chegaria o dia em que eu ou ele, ou nós dois, não estaríamos mais ali, junto à Maria, eu a ver pela porta aberta da cozinha o mesmo trecho do nosso quintal, o ângulo do muro sempre o mesmo, o que me dava a certeza de tudo estar em ordem, eu feliz e silencioso por amar meu filho sem precisar dizer a ele, eu evitando conspurcar o meu sentimento com um fraseado de baixa voltagem se comparado à verdade do meu coração, eu sem içar da memória os dias em que ele era uma criança em meu colo, os dias todos que o amei como se ama alguém que nada tem a nos dar, alguém que depende de nós para se manter vivo (nós, que nenhum poder temos sobre os desígnios da morte), alguém que aprende a sorrir com o nosso sorriso, que aprende a abrir os braços com os nossos braços, eu sufocando na inconsciência (mesmo sem querer, ou para suportar a aparente falta de perigo do presente) as noites rasgadas de fora a fora pelo seu choro, as aflições que ele, não de propósito, inoculava em nós, eu ali sem dizer nada ao meu filho, mas tendo todos os dias de sua vida em mim, guardados um por um nos meus olhos, cicatrizados em fila no meu silêncio, eu me levantando da mesa e indo sub-repticiamente à janela para vê-lo ir rumo ao escritório de advocacia, onde começara seu estágio havia três meses, eu ciente de que não cabia mais a mim e a Maria a poda daquela raiz, eu tendo a história inteira dele a ecoar nas cordas do meu espírito, eu tão povoado de lembranças com ele que nem mais as julgava sublimes, eu vendo meu filho ir embora, com seu corpo de árvore jovem, os passos (largos) típicos da nossa família, meus olhos retendo aquela cena ordinária que, no entanto, era tão preciosa, e assim a manhã se desenvolvia, escondendo na normalidade a sua efêmera existência, e tudo bem posto na régua das horas, a vida a deslizar no igual igual de seu diferente; mas então, esse deslizar da vida, no seu quase imperceptível agir, era um alerta, era o que meu pai, leitor atento do mundo, dizia, *Quem quer caminho livre vai se deparar com um dique*, meu pai dizia, *Quem quer sono na rede prepare-se para árduas tarefas*, e, de fato, nós, feitos sonâmbulos, só acordamos quando colidimos com uma parede, ou quando alguém, subitamente, nos reconduz à vigília; e, então, eu gastei cinco minutos a mais na padaria, e o comentário de dois conhecidos lá foi a mão que me sacudiu, um caminhão sem freios atropelara alguém na avenida principal, e eu jamais imaginaria que a parede para mim iria, de súbito, revelar--se um costão bruto, a curiosidade, como outra mão, pegou-me pelo braço, virou-me para aquela direção, e as minhas pernas fizeram seu caminho de costume, entendendo que para lá ordenava o meu anseio, e, em vez de entrar em casa, eu me desviei, mesmo sentindo uma náusea ancestral, mesmo sabendo que havia uma ameaça à minha delicadeza, eu me desviei para conhecer a ação prática do destino, a sua indiferença ante a angústia humana, eu me desviei do caminho para alcançar os dentes da serra que amputariam o meu sonho de vida simples — eu e Maria envelhecendo, enquanto ele, nosso filho, crescia, encontrava uma companheira e trazia para o nosso convívio filhos sadios, em cujo rosto algo do nosso próprio rosto esplendia, em cuja curva da boca a nossa boca se pronunciava —, eu segui para avenida principal, quando devia estar com Maria e com o nosso filho, à mesa do café, ele ali diante de mim, passando para minhas mãos o pão, a manteiga e também aquele dia em que eu cuidara de seu joelho esfolado, aquela noite em que ele vomitou no meu terno novo, aquele instante glorioso em que ele, pela primeira vez, disse *Pai*; sim, o meu filho, que eu sabia ser esperto com os números, mas limitado com as palavras — um defeito, certamente, legado de mim —, meu filho, que, às vezes, ria da minha obsessão por manter a casa arrumada, a cortina da sala aberta pela metade, as cadeiras milimetricamente ao redor da mesa de jantar, meu filho, que afundou a carne do pé num caco de vidro, meu filho, que contou pequenas mentiras, como todos nós, meu filho, que não teve tempo de contar as grandes mentiras, meu filho, que, hoje de manhã, tinha uma reunião à primeira hora no escritório de advocacia e não podia se atrasar, porque era um menino responsável, não podia esperar pelo pão que eu, com cinco minutos de atraso, levava ainda quente junto ao peito, meu filho que saiu mais cedo de casa, fez o percurso que eu fiz, até chegar à avenida principal e ser atropelado por um caminhão e ficar lá, estirado na rua, os braços abertos à espera do meu desespero.

---

## XLII. Não mais ou Monólogo de um órfão ao se despedir do pai

Agora, não mais o ramo liso e reto, mas a galha rugosa e retorcida. Não a laca cintilante, mas a madeira bruta que lhe dá sustento. Não os vínculos de circunstância, frágeis como o papel, mas os nós de metal que causam dano para todos. Não o septo, mas o repto. Não o truste, mas o traste. Não os olhos azuis, mas o olhar selvagem. Não o frio contrapiso da cozinha, mas o cálido bafo do ralo. Não o dedo com as marcas digitais, mas o talho rilhado pela faca. Não acalmar o amor, que vigora na aflição, nem se enganar com a sua falsa doçura. Não só a polpa da fruta, mas os dentes convidativos a devorá-la. Não só a taça de fino cristal, mas a caneca de louça vulgar. Não só a Torre do Obradoiro, mas, de seu mirante, a vista para o matadouro. Não só a clareira do passado, mas a bruma do presente, que jamais revela onde estamos. Não só o relho decorativo, na parede, mas sua ação nas costas de quem vai decorar, para sempre, seus vergões. Não só as auroras amenas, mas as noites de grosseira escuridão. Não só o cobre brilhante, mas a ferrugem que, inevitavelmente, o cobrirá. Não só a parede toda e branca, mas, nela, a nódoa. Não só o santuário, mas seu criador, o precário. Não só dividir o pão, mas também a cólera. Não só as palmas do coqueiro, mas o deserto onde seus ancestrais sobreviveram. Não só a fogueira estalando na memória, mas a brasa ardendo nas mãos. Não só o alvoroço da tempestade lá fora, mas, dentro de casa, as panelas se alagando com as goteiras. Não só os dias vividos concretamente, mas também os resultantes da soma dos instantes sonhados em plena vigília. Não mais as viçosas plantas ribeirinhas, mas os sargaços opacos do fundo do rio. Não mais o gosto pelas metáforas, mas a saliva suja da linguagem. Não mais o barro sadio para a escultura — mas a lama podre com o sangue da vida.

---

## XLIII. Um comentário

Haverá hora e lugar de dizer certas coisas, ou silenciá-las? Umas palavras têm o poder de abrir sésamos; outras, de fechá-los. Alguns discursos, compridos como cordas que levam ao fundo do poço, não trazem água na recolha da caçamba; outros, de distinta matéria, recobrem o poço, como tábuas, evitando saciar a sede dos peregrinos, e eles, no seco do desespero, debruçam-se ali, sem qualquer cuidado — discursos desse tipo costumam, como ocorre com madeiras torpes, acumular água da chuva entre sua concavidade.

Quando jovem, eu imaginava que, em meu quadrado, alguns assuntos, por motivos evidentes, seriam evitados, haveria um freio natural à mão (ou à língua) das pessoas, mas os passos alegres de um casal — tão alegres que logo resultaram em dança, noutro espaço, é verdade! — alçaram-me da paz costumeira. Se eram passos em alto e bom som, baixas eram as palavras que iam do homem à mulher e dela a ele retornavam: baixas no volume, pensei, por respeito à circunstância, mas estava equivocado: as palavras, que se revezavam em pronunciar, eram, também, baixas em conteúdo: eram mães de gritos, não de gritos quaisquer, e, sim, gritos de desejo, que eles ansiavam por matar.

O freio do casal falhara, ao menos no âmbito das palavras; imaginei que não chegariam à esfera das ações propriamente ditas naquela hora e lugar, o que veio acontecer tempos depois, na noite de Ano-Novo, com outro casal sobre o mármore de um de meus túmulos — mas deixo esse episódio, de alto interesse à curiosidade humana, para outro momento.

Quando foram embora, após a conversa inédita entre meus muros, resolvi escutar novamente, na memória, o que haviam dito um ao outro. A mulher me pareceu mais irrefreável que o companheiro. Hesitei se a alegria dos dois não se originava no fato de alguém ter morrido, um obstáculo que o destino (ou eles?) havia lhes retirado do futuro, como as tábuas sobre o poço. Mas, como seria indiscreto persistir neste pensamento — o que me obrigaria a investigá-los, ainda que pelos meus defuntos —, preferi me aquietar e ver o fim da tarde, que, aliás, já destampava a escuridão da noite.

## XLIV. Flores e artifícios

Embora belas e perfumadas, as flores me trouxeram uma triste conclusão. Ao pôr do sol de um Finados distante, senti, observando-me como se à superfície de um espelho, que a minha própria imagem ensejava a de um jardim, tantas eram as flores nas minhas sepulturas, bem arranjadas nos vasos e ondulando ao vento. Pode soar exagerado, reconheço, dizer que eu me assemelhava a um jardim, mas, murchando um pouco a minha vaidade, vi-me ajustado à condição de um enorme canteiro de lírios, madressilvas, gerânios, rododendros, azaleias, cravos, enfim, uma variedade régia de flores. Não eram rebentos de meu próprio corpo, haviam sido transportadas para me vestir, das pontas ao meio, e, naquele ano, em volume, cores e aromas dos mais diversos, talvez porque estivéssemos numa era de negócios frutíferos, senão para todos, para boa parte daquela gente que, quando muito, atravessa a existência sem experimentar coisas nobres. Um ano oposto ao Finados anterior, de tom gris e pouco festivo.

A triste conclusão, à qual me referi, apanhou-me quando atentei para as flores artificiais mescladas entre as vivas e *in natura*. Haviam sido trazidas por pessoas pouco assíduas, supondo compensar a sua falta com aquelas imitações de rosa, convictas de que o artifício garantiria maior permanência (mesmo se sob o signo da feiura) à homenagem que faziam a seus mortos. Compreendi tal atitude e acrescentei outros motivos: a escassez pecuniária, o senso da vantagem e — claro — o mau gosto.

Bem, escurecia, o silêncio se esparramava pelos meus espaços, e se a brisa arrancava das flores originais algum cicio, as outras, de plástico, mantinham-se invariavelmente caladas. Juntei umas e outras no mesmo ramo do pensamento, e me saiu a simples conclusão: minhas lembranças são como essas segundas flores — um inútil e tosco artifício.

## XLV. Um sobressalto

Era um sábado de excessivo verão, a noite já se abismava a ponto de se converter em madrugada, quando uns rumores, que depois percebi serem risos, despertaram-me com um sobressalto. Sonolento, demorei para abrir a consciência e constatar que a perturbação vinha do meu muro norte, e lá persistia, aborrecendo-me. Se alguns sonhos são proféticos, os momentos que nos devolvem à realidade também são e nos concedem a prerrogativa de atingirmos um grau mais elevado de percepção — de modo que não me surpreendi com a cena que flagrei.

Um jovem casal se divertia, rente ao muro, alheio às duas cidades que iam adormecidas — a minha, onde se estreitavam, do lado de fora, e a dos vivos, lá adiante. O rapaz estava afoito para se guardar na moça, e ela pronta para acolhê-lo, embora esboçando alguma resistência. Pensei que era o casal daquele dia, o das palavras sussurradas, mas a luz dos postes me mostrou outros rostos, e se eram outros, não eram os estágios da febre que os ardia. Entendi, ouvindo o repicado diálogo, que tinham saído de um baile e, atiçados pela volúpia, resolveram se encaixar ali mesmo, junto a mim.

Descoberta a origem do sobressalto que me despertara, e já que os dois se encaminhavam para o epílogo, afastei-me menos para preservar meu pudor do que deixá-los à vontade com seus gemidos. Tentei retomar o sono, mas a ironia me mantinha desperto: eu ali, no zelo pelos espaços da morte, e os dois lá na função — que, se descuidada, como de fato foi — de plantar uma nova vida.

---

## XLVI. Veia

Das tumbas para baixo, sou terra, e no meu grau zero é que elas são deitadas em camada de cimento, pedra ou mármore, assim como os mortos que lhes vão à base, na mesma posição, em decúbito dorsal. Sou terra e, para conservar a vitalidade dos vazios essenciais a mim — os dutos, as veias, os túneis —, preciso me arejar.

Como é do ímpar ver noutro ímpar o seu par, reparei, dias atrás, no rosto do pai de Saulo, que aqui esteve à procura do filho, um sinal, logo evanescente, da inocência daqueles que, desfrutando de um dia bom neste mundo, não são notificados que, à frente, aguarda-os a porta de saída. O sinal, fugaz, lembrou-me a máxima que um místico, certa vez, disse aqui: é possível, pelo poder do olho crístico, afirmar, com rigor matemático, quando a vida de uma criatura se findará, se a encontrarmos em três exatas ocasiões — um ano, um mês e um dia antes de sua morte.

Para ratificar o efeito desse sinal, capturei, enquanto o homem conversava com o filho, uma sutil protuberância na veia de seu pescoço, uma elevação desprezível na pele, se eu não soubesse o que estava para acontecer dentro dela. E o que estava prestes a acontecer nas paredes desse córrego de sangue eram ecos e ecos dos anos que naquele homem haviam se passado — o seu todo viver.

O seu todo viver concentrava, em suma, a certeza de que ali estava um homem com muita quantia de humano, e, de gomo em gomo, idêntico aos seus iguais, ele repetira a história de cada homem que o antecedera, e essa história (pronta e à espera de recomeçar) se repetiria, com variações mínimas, em seu filho e nos filhos de outros pais que iriam nascer em cada ponto (claro ou absconso) do planeta: ele emergiu da negra bruma (ou seria do nada alvar?), ingressando na dimensão da existência, e nela se viu a cumprir, uma a uma, as etapas que levam um homem do berço à tumba; ele menino, sem espelho, mirando-se nos olhos de um boi para se pentear, ele excedendo as mãos nas leiras da roça, ele rapaz no comércio de fertilizantes, ele se encontrando com uma moça e ela se buscando nele, e logo os dois noivos, e o filho no ventre dela, e o filho do lado de cá a crescer e a crescer, e ele, pai, transformando-se numa criatura compassiva e piedosa, um jardineiro que botava primavera até nos canteiros de inverno, um colecionador de domingos em família, temente a seu Deus, cujo rosto ele sabia reconhecer entre tantos que se atiravam aos pés de sua crença, um receptáculo de desejos e sonhos irrealizados, um doce conselheiro, um marido nem céu nem terra, ele uma consciência com seus instantes de fogos de artifícios, ele apenas um pai que, tendo de viver seu dia, para preenchê-lo, veio desbastar palavras com o filho e atirar suas galhas no silêncio.

Naquele pai, nem modelo nem exceção, pai como tantos outros pela vida afora, pai que tentava coibir a sua vaidade, refrear a sua fúria, rever os seus erros, para se aprimorar ou se piorar, naquele pai, em conversa prosaica com o filho, um inimigo exuberante, astucioso e incendiário, sem regra de respeito, invencível a qualquer contra-ataque, ia empreendendo uma expedição dentro da veia de seu pescoço, infiltrando-se com a fome de uma horda.

Naquele pai, eu que sou terra, veia que entende o que se passa noutra veia, que conheço a seca e a enchente, pude ver o estágio do levante que se armava internamente nele e calculei seu tempo limite: não, não estava a um ano de sua morte, a progressão bárbara era veloz; também não estava a um dia de seu fim, havia alguns dutos e túneis para os saqueadores dinamitarem. Estava, pois, se bem calculado, no meio desses dois polos, nem perto nem longe demais de seu aniquilamento. Revisei as contas e, convicto, dei-lhe um mês de vida.

## XLVIII. Seca

Dei-lhe um mês de vida.

E informo sem alegria nem dor que acertei. Um mês é tão pouco...

Um mês é tão pouco para drenar o mundo de uma pessoa, pouco para arrancar dela a sua cidade, pouco para tirar do chão que pisa os seus rastros, um mês é pouco para amadurecer no fruto a sua queda da árvore, pouco para sacar do céu a sua azulidade; da boca, os beijos selados; da altura flutuante, o sarrafo;

da tesoura cega, o caminho de rato; do carro em alta velocidade, o desastre; do açude, as suas dragas; um mês é pouco para sorver da culpa todos os pecados; da folhagem, as gotas de orvalho; das sombras, as samambaias; um mês é pouco para descosturar do corpo seu vestido de carne, um mês é pouco, embora, ao contrário, num átimo se possa, pela amnésia, ou pela súbita demência, dizimar as memórias prediletas, um mês é pouco para retirar, extrair, escavar de um homem a sua vida (inteira) fragmentada — por que adicionar, repor e fincar são ações regidas pelo relógio da lentidão, por que Saulo, o coveiro, se absteve de enterrar o pai e pediu a um amigo, rapaz sem tirocínio, que o fizesse em seu lugar, respeitando o tempo de duração, nem meia hora para fechar a campa, e assim o poupou, se estivesse na prática de seu labor, de regar a minha terra com suas lágrimas.

## XLVIII. À espera

Ontem, à tarde, passaram pela rua à minha frente três vans, vindas de Ribeirão Preto, em cujas laterais avultava o logotipo do "Buffet Degas". Traziam uma equipe para realizar uma festa suntuosa em Cravinhos, e as festas são o meu contraponto, as festas anticelebram a minha existência, não obstante há quem se alegre com exéquias — talvez pela herança que lhe caberá com a morte de um parente rico.

Pelas notícias que ouvi há pouco, a festa terminou tragicamente. Saulo está abrindo o jazigo 47, enquanto fico à espera de conhecer meu novo residente.

## XLIX. Jazigo 47

Não demorou para me inteirar do que aconteceu na festa — era a celebração de um matrimônio, e dos mais pomposos. Dono de extensos canaviais, o pai da noiva, tão feliz (ou decepcionado?) com o enlace da filha, infartou quando serviam o jantar e a banda de música nem começara a tocar as marchinhas de Carnaval.

A noiva era a moça que se ancorou no rapaz perto de meu muro norte naquele sábado, o ventre já em relevo, a vida de um menino se desenhava dentro dela, frágil, mas poderosa para vencer, um a um, os estorvos que a impediriam de ser uma nova existência. Embora introvertida (ao revés da primeira vez que a vi), ela se mostrou "maior" quando veio sepultar o pai no jazigo 47 — se a roupa não cobrisse a novidade em sua barriga, bastaria mirar seu rosto para descobri-la; impossível, até para mim, não perceber uma mulher fabricando um filho, mesmo se em seu início. O noivo, àquela altura marido, a amparava. Reconheci-o: era o mesmo daquela noite que me causou sobressalto — e, não sem ironia, eu, que sou subtração, gostei de ver os três ali (pai, mãe e filho a caminho). Pelo menos uma vez, em meus domínios, ocorreu uma multiplicação.

## L. Multiplicação

A propósito, lembrei-me da sentença "crescei e multiplicai". Observei o casal indo embora, melhor dizendo, os três, ou ainda melhor, a família, e percebi que havia acontecido a inversão dos termos: o "multiplicai" se adiantara ao "crescei".

Senti-me “maior”, igual à noiva ao se ver mãe em progresso, mas tive de me conter — e isso porque um parente dela, de outra cidade, espírito sensível às formas, ao sair pelo portão lateral, elogiou meus passeios bem cuidados, minhas aleias limpas e, sobretudo, a beleza de meus túmulos.

Desfrutei profundamente o prazer de sua louvação. Mesmo os insignificantes merecem uma palavra de relevância, ou não?

Mais tarde, de volta à minha estatura normal, resolvi apor à sentença “multiplicai e crescei” um novo termo: “multiplicai, crescei e morrei”. Ou, se preferir: “crescei, multiplicai e morrei”.

## LI. Espuma e bronze

Os sonhos, apesar de espuma, pertencem ao meu patrimônio, como a estátua de anjo, talhada em bronze, que ornamenta um de meus túmulos. Suas asas abertas, de sólida imponência, fizeram-me conhecer a experiência da perda — razão primeira de minha existência, da qual nem sempre me lembro. Não que eu a desconheça, cada um sabe o que é perda para si, mas essa perda não se refere aos homens vivos (que perderam para a morte alguém querido), nem aos mortos (que perderam a vida), mas a mim mesmo.

Tudo se deu porque esse meu anjo, com os anos, ganhou uma camada verde de ferrugem, facilmente perceptível, e de maior gravidade ante os olhos de um especialista. O neto do patriarca (que jaz no túmulo encimado pela estátua), generoso com a memória de avô, decidiu fazer o que raramente fazem as famílias, mesmo as mais ricas: contratou um restaurador para lavar o anjo e trazer ao bronze o brilho esplêndido de seu nascimento.

Afeiçoei-me a esse restaurador, depois de vê-lo dias seguidos em ação, sob o sol bruto, esmerando-se para extrair o limo do metal e soldar as suas fendas. Comoveu-me a sua entrega à obra, o seu empenho em restabelecer a real beleza da estátua (sem se importar por ela estar no jazigo de um cemitério e não no adro de uma catedral).

Sentia legítima satisfação quando a manhã se abria — e com ela, os meus portões — e o via sair do pequeno caminhão baú e vestir o avental de couro, contente por recomeçar seu trabalho, que, para minha sorte, estendeu-se por dois meses. Tempo para que eu pudesse observá-lo sem a pressa dos rios (mas com a paciência das margens) e não mudasse, mas consolidasse — ao contrário do que ocorre no fluir do tempo — a impressão positiva que tive nos primeiros dias em que ele se pôs a restaurar o anjo.

Acostumado à companhia única do coveiro, experimentei uma grande satisfação com a presença diária do restaurador; não uma satisfação repentina, que rápida se esvai, mas dessas que se acende aos poucos, como a luz da manhã regulada (suavemente) pelo giro das horas. Convivi com ele dias e mais dias, sem lembrar, ou esquecendo de propósito, que a substância do tempo, uma vez sedimentada na forma que lhe damos, ao revés do bronze, não pode mais ser derretida.

Recordo de uma manhã em que ele retirava excessos de solda da superfície e uma ponta de metal ricocheteou em seu braço, jateando sangue no anjo. Eu nunca tinha visto aquele líquido, fúlgido, escapar de um corpo, para além da corrente que lhe garantia a existência. Conhecia o sangue negro e imóvel nas veias dos meus enterrados. Com um pano, que lhe serviu de curativo, o restaurador tampou o ferimento. Tão fácil foi deter a hemorragia, e tão fácil (se ele desejasse) teria sido deixá-la prosseguir.

## LII. Eu sei

O restaurador se foi. Quando o vi, pela primeira vez, examinando com minúcias o anjo de bronze, a anotar as rachaduras, e, uma semana depois, quando de fato iniciou o restauro, eu sabia que um dia seu serviço terminaria e ele iria embora. Eu sabia, desde o começo, porque vivo de guardar os que partem para sempre. Eu sabia, mas enquanto ele estava comigo — mesmo sem notar a minha presença —, o meu saber não superava o contentamento de usufruir de sua companhia.

Eu sabia, como sei outras coisas: eu sei quanto tempo a água e o sol tardam para cobrir o bronze das estátuas com uma camada de limo. Eu sei quantas vezes por ano as pessoas trazem flores para seus mortos. Eu sei o volume de lágrimas que desce por uma face quando o falecido se tornou um peso em vida. Eu sei a hora em que os vaga-lumes, nas noites de verão, saem a voejar entre os túmulos. Eu sei quando, no canto alegre de um pássaro, grudou-se uma nota (inaudível) de tristeza. Eu sei quantas noites em claro é preciso para gerar um dia escuro. Eu sei com quantos centímetros de trevas se faz uma linha de luz. Eu sei quantos minutos o sol tarda para empoçar seu brilho sobre os jazigos. Eu sei quantas horas, após uma perda, são necessárias para que o sorriso retorne aos lábios. Eu sei quanto de céu resta nos meus olhos no fim da tarde. Eu sei quantas cicatrizes um cinto pode desenhar na pele. Eu sei o quanto dói na carne (e nos ossos) dos meus muros quando o frio do inverno sopra de madrugada. Eu sei com quanto silêncio se faz um entulho de palavras. Eu sei essas coisas, e muitas outras, e de nada me valem quando o vazio me toma o espírito, como agora, quando não há nada a fazer, eu sei — senão esperar que a agonia do meu inconformismo passe.

---

## LIII. O futuro passará

E a agonia do meu inconformismo passou. Ou se decantou e ficou no fundo de minhas sombras esquecidas. Mas, eu sei, logo virá outro sentimento, e esse também passará.

Porque o ovo é um futuro pássaro engaiolado. A pedra, um monturo de cascalho. A luz, o mundo soterrado na escuridão. A semente, o lento adeus da flor no vaso. O sonho, uma improvável verdade. A faiança, uma lasca de lembrança no antiquário. O carvalho nobre, a madeira podre. O riso, o ríctus no rosto. Os olhos, a neblina do glaucoma. A laranja, o caroço e o bagaço. A maçã, o alvo da flecha que vem vindo. A pólvora, a bala na cabeça do menino (que veio para cá ontem).

---

## LIV. Noutra marcha

Em marcha à ré também se escrevem histórias. A planta é a antiga semente enterrada. O tijolo, a terra e a água distantes. O jejum, a fome antes da saciedade. A visão turva, a vidência.

O copo d'água, a sede precedente. O punhal, o aço e a madeira separados. O cometa, um século que passou. O oi, um tchau ressuscitado. A poeira, uma galáxia inteira. A corrente, os elos anteriores da humildade. A prece, os sentimentos gêmeos: a esperança e o desespero. Uma criança, o milagre da multiplicação. O prado, um descampado. Um homem, outro homem antes. Eu, campo santo, a terra profanada. Um pássaro engaiolado, o futuro do ovo. O ovo, a aterrissagem (há pouco) do voo. O menino, até ontem, brincando, antes do tiro.

---

## LV. Aqui, às vezes, se imita lá

O ovo, um pássaro desengaiolado.

Um dia, me imaginei alçando voo como um pássaro e, seguindo o chamado, para não dizer a ordem, de quem precisa se desatar de si, saí de minhas linhas demarcatórias e fui me agarrar às mais distantes braças de horizonte que as asas me permitiam. Afastei-me de mim até o limite que me garantia ser eu e não outro (ente ou coisa), a ter o mínimo do meu eu junto ao máximo do alheio; e, nessa condição, vi paisagens para além do que alcançavam minhas vistas, dei com voragens que se precipitaram num grau acima de minha consciência, descobri relevos que não coincidiam com os meus sonhos geográficos, e perfurei nuvens que já estavam em vias de chover.

Mas o ovo, o ovo é a gaiola para o futuro pássaro.

E, ao chegar o mais longe que eu podia de mim, retornei ao ponto zero — talvez porque a liberdade nos prenda para sempre às nossas entranhas. Permaneci um bom tempo a me contemplar lá de cima — nem feliz nem triste com a aparência do meu corpo, nem resignado nem rebelde com a amplidão do meu voo curto, nem aborrecido ou compassivo com o declive do meu muro na face oeste.

Contudo, se esse sair-me poderia me proporcionar descobertas subterrâneas, desta vez me revelou só um segredo epidérmico, catalisado provavelmente pela minha posição: cansado de planar, pousei numa das minhas quaresmeiras, e, me olhando dali, de repente me dei conta da configuração dos jazigos, e pensei que, às vezes, o desenho da vida se espraia, identicamente, noutro plano, mesmo depois de seu fim:

Maria Luíza

Sônia

Rosa

Valentina

Antônia

Valéria

Gisele **Flávio**

Marta

Carla

Damiana Patrícia

Alda

## LVI. Lá, às vezes, se imita aqui

O pássaro desengaiolado, antes um ovo.

E eu, certa manhã, como um ovo, no meu quieto, envolto nas cascas do silêncio, esperando a vida agir sobre mim com a sua cunha, percebi aquele movimento insinuante no ar, recado de que a tarde seria o inverso da minha espera. A tarde quebraria o frágil invólucro do meu sossego, a tarde seria mais um acontecimento que assegurava a minha condição de campo santo — lá vinha Saulo pelo meu passeio principal, com o mapa na mão, procurando entre os túmulos, em ziguezague, aquele que, em breve, receberia um novo habitante. Ele deixou a cal, a areia, o balde d'água, o cimento e os tijolos à mão, com os quais lacraria a entrada do jazigo pelos próximos anos, se alguém da família não resolvesse, em acerto às pressas com a História, mudar-se antes para lá.

À tarde, pelas quatro horas, vi o féretro chegar no carro da funerária, atrás do qual não se formava um comboio, como quando o morto é célebre, apenas alguns parentes, e, claro, um e outro curioso, que nunca faltam nessas ocasiões (movidos menos pelo sofrimento alheio do que pelo gosto de serem vistos). Localizei logo a viúva — ao seu redor, outras pessoas padeciam, também tinham afeição pelo morto. E o roteiro das exéquias haveria de se repetir para mim, não fosse, no meio delas, a presença de uma menina; agitada, mirava atentamente a feição triste de todos — era o seu primeiro enterro. Depois de algum tempo, contudo, o fastio a entorpeceu, e ela, descolando-se dos pais, saiu a correr entre os jazigos. Segui-a por uma longa extensão de meu terreno, que, a esmo, ela palmilhava — e, então, senti seus pés desenhando em minha superfície (embora me ecoasse nas entranhas) a paisagem que ilustrava a vida daquela gente:

Dor

Dor

Dor

Dor

Dor

Dor

Dor **Alegria**

Dor

Dor

Dor

Dor

Dor

Dor

## LVII. Capítulo com números

Palavras e números regem o mundo vivido — e o lembrado. Recordei-me de um costume que aprendi com os homens; quase todos o praticam quando se movem aqui, embora com um, em especial, foi que se deu o que agora registro.

Ele se desgarrou do pequeno grupo que acompanhava um sepultamento e se pôs a andar, entre os túmulos, pelas minhas aleias. Observava as lápides e fazia as contas, subtraindo, de cabeça — talvez fosse um matemático —, os anos da primeira data daqueles da segunda, ambas, como se sabe, irrevogáveis e irreversíveis, mas irrisórias para medir a valência e a intensidade de uma vida:

55, 73, 28, 92, 87, 59, 47, 52, 21, 12, 61, 49, 56, 3, 41, 58, 94, 13, 99, 27, 27, 42, 38, 75, 74, 19, 17, 5, 18, 84, 102, 72, 62, 57, 87, 93, 46, 63, 66, 54, 72, 14, 22, 97, 53, 79, 61, 63, 41, 59, 33, 62, 47, 49, 71, 65, 64, 49, 56, 52, 74, 11, 78, 46, 57, 71, 26, 38, 65, 34, 45, 55, 57, 93, 80, 23, 7, 62, 61, 53, 59, 72, 79, 34, 69, 27, 16, 82, 41, 96, 52...

## LVIII. Uma só palavra

Já outro visitante — talvez um poeta — interessou-se por verificar a palavra presente em maior quantidade nas lápides. A tarefa, que, a princípio, pareceu-lhe inalcançável, pelo volume dos enunciados, no entanto, se revelou fácil.

Bastou que conferisse umas dezenas de tumbas para notar, cintilando repetidamente, sem rival, ela, a palavra dona desse reino: saudades. Saudades de seus pais, saudades de seus parentes, saudades de seus filhos, saudades de seus irmãos, saudades de seus familiares e amigos, saudades de sua esposa e filhas, saudades de seus alunos, saudades de seus tios e primos, saudades de seu marido, saudades de sua mãe e irmãs, saudades, saudades, saudades.

E, se essa palavra, forjada tantas vezes no metal, fosse de uma única voz, que a pronunciasse (aos gritos ou aos sussurros), seria ainda capaz de dilacerar a própria garganta de onde provinha, transformá-la em carne viva, ensanguentá-la, gangrená-la e, por fim, destruí-la. E, mesmo assim, do meio de sua matéria morta, em veloz ou lenta putrefação, ela continuaria ecoando com a fúria das dores imensuráveis: saudades, saudades, saudades...

## LIX. Duas forças

A palavra, a única: saudades. As datas, duas, igualmente imutáveis.

Duas também as forças que movem os homens; ambas, o tempo todo, digladiam-se, embora só se note o seu embate brutal, que, por vezes, se mostra enganadoramente ameno, em algumas circunstâncias — quando, em especial, este ou aquele sujeito, sem que os demais percebam, verbaliza uma prece ou lamúria.

Uma delas é desejar — contra a ordem soberana dos fatos — permanecer aqui, tanger um pouco mais a vida, por distintos motivos, porque se acaba de casar, porque se tem apenas

18 anos, porque os filhos ainda não cresceram, porque falta saldar a hipoteca da casa, não se ganhou o dinheiro suficiente para garantir os estudos das meninas, o time de futebol está à beira de ganhar o campeonato nacional, o verão chegará daqui a dois meses, deseja-se viver uma década mais, duas seria melhor, um ano já bastaria, uma semana, um dia, para desfrutar de um prosaico fim de tarde, mais um apenas, e, no entanto, seria o entardecer mais belo da vida; deseja-se permanecer um pouco mais para assistir ao fim da novela, para ver as cortinas novas instaladas no quarto, contra a janela aberta, o vento soprando, as cortinas, estufadas, movendo-se com leveza e, depois, retornando à posição inicial; ficar aqui só mais um pouco para ver o bebê dar o seu primeiro passo, querer mais um tempo para viajar pelo mundo, conhecer outros países, passear pelo interior da Polônia — dizem que lá os campos são lindos —, beber vinho branco num bar suspenso de Santorini, construir uma casinha na serra, permanecer um tempo mais para ir a um encontro de amor (que, talvez, nem seja mesmo de amor), um dia a mais porque acender um cigarro depois do café dá um prazer insubstituível, porque se quer apenas mais uma noite, apesar dos dias de sofrimento (contidos nessa concessão de tempo extra), apesar das dívidas no banco, da dor de dente, do gozo interrompido; querer mais uns dias porque eu sonhei com você, porque os nossos anseios vão frutificar, porque eu desejo mais um filho, porque, apesar da catarata, ainda posso ver o rosto do meu neto (e, nele, reconhecer linhas iguais às minhas), porque eu adoro recordar aquele dia que vivemos na praia, porque você poderia fazer de novo aquela torta de frango, porque — e talvez seja esse o meu caso — há tanto para se aprender sobre a vida; infinita

é essa lista de pretextos, assim como infinito é o desejo de permanecer, mesmo se só por mais uma hora, quando ainda existe no mundo alguém para quem se possa dizer *Eu te amo*, quando, então, a outra linha de força é só uma possibilidade, quase uma mentira, a anos-luz de nos atingir.

Mas a outra linha, um dia, de repente, se insinua, ganha vulto, recrudesce e, por mais que se preze a vida, por mais que se ame a mulher e os filhos, o marido e o próprio corpo, o outro e a si mesmo, a história que se escreve em silêncio, um dia, contra toda a ordem dos antigos e celebrados desejos, num ataque virulento àquela força da permanência, antes imbatível, vai se suplicar pelo oposto, vai se pedir para ir embora, um mal inesperado debilita irrevogavelmente a vontade de continuar, a exaustão se espalha pela mente e pelo coração, as células, antes cúmplices, se rebelam contra aquilo que antes as obrigava a funcionar, entram em greve, coadunam-se para produzir com rapidez o fim, e, a seguir, provocam o colapso total; um dia, por maior que seja o desejo de ficar, chega-se ao ponto de pedir, rogar, implorar para que o jogo cesse, porque não há mais forças para amar, embora o alvo desse amor esteja ao pé do leito, orando para que os deuses concedam a suprema piedade de minorar a dor, o inesperado milagre de reverter a notícia e levar a família de volta à sua tediosa (e feliz) rotina, a bênção para que todos pisem, novamente, no chão seguro da normalidade, porque não se pode mais submeter o desespero ao jugo do encantamento, porque o mapa dos sentidos já não conduz à nenhuma terra prometida, nem sequer a um modesto prado, a um horto de oliveiras, porque ninguém merece ficar se o Alzheimer já transformou a memória (pedra) num punhado de cascalho, porque não é (mais) humano seguir quando é impossível obter a mínima permissão da vida para abrir os olhos, porque se nos atiram lá de cima no abismo, não vão nos estraçalhar mais do que já estamos, porque há muito (desde sempre) o abismo nos integra; sim, um dia, por mais que eu ame viver ao seu lado, por mais que estar com você tenha sido a força motriz da minha existência, haverá o momento, temível ou salvador, de não suportar mais essa estada, porque — mesmo distante da outra força, a vital, aquela que exige a continuidade — haverá o momento de se pedir, e eu não sei a quantos dias, meses ou anos estou dele, de se pedir, os joelhos lacerados, pedir com a máxima potência da humildade (ou da agonia) que a travessia misericordiosamente acabe.

## LX. Alguns epitáfios

*Vim, vi e não venci.*
*Um exemplo de caridade e amor ao próximo.*
*"A vida é não conseguir." Fernando Pessoa*
*Valeu, apesar de tudo.*
*Com Cristo, em Cristo, por Cristo.*
*Daqui para o Cosmos, novamente.*
*Aqui descansa meu marido amado. Que Deus o receba com amor maior que o meu.*
*A gente se encontra lá.*
*Foi tão rápido.*
*Aqui acaba toda a exaltação.*

*Meu ato final, perdoai.*
*Foi uma defensora da liberdade.*
*Acendeu uma tocha contra a escuridão deste mundo.*
*Fez o máximo por sua mulher e seus filhos.*
*Cuidem de minhas flores.*
*Até já.*
*Receba, mãe-terra, o corpo do filho querido que um dia emergiu de ti.*
*Louvai a morte como louvei a vida.*
*Filho carinhoso, pai clemente, marido fiel.*
*Estamos sempre indo embora.*
*Vida que palpita só pode mesmo acabar.*
*É apenas mais uma mudança.*
*Não deu tempo para sonhar.*
*Enfim, só.*
*Honrei-te, vida!*
*De volta ao pó.*
*O Senhor me semeou, o Senhor me colheu.*
*Vida breve, mas intensa. Agora, eterna.*
*Partilhei o pão, celebrei a união.*
*Plantou árvores, criou filhos, escreveu livros.*

---

## LXI. Chave

Admirou-me que um dos mais grandiosos cortejos que presenciei, ou melhor, acolhi, não foi de um político, um artista, um santeiro, mas do velho chaveiro da cidade. A explicação pela qual sua morte mobilizou tantas pessoas, segundo apurei, se partia em duas, de equivalente quilate. A primeira rezava que foi homem íntegro a vida inteira, jamais cometeu indiscrição quanto a detalhes de seu ofício, que pedia confidencialidade. Mantinha os lábios costurados, invariavelmente mudo em relação aos pedidos dos clientes (instalação de trancas com segredos, arrombamentos) e às emergências que, durante gerações, ele teve de atender — motivos pelos quais era tão respeitado e que arrastou quantidade surpreendente de pessoas em seu enterro, gente bem-agradecida pela sua lisura. Bem-agradecida por claros, mas também obscuros motivos — o velho abriu fechaduras de portas (atrás das quais amantes folgavam), destravou o cofre (de um moribundo, por ordem dos filhos), fez cópias de chaves (para larápios, sem que soubesse), desmontou miolos de fechaduras (a mando da justiça).

Quando Saulo atirava a última pá de terra em sua sepultura, um paroquiano comentou que o chaveiro merecia o paraíso e, lá chegando, devia se sentar à direta de Deus Pai Todo Poderoso; certamente a ele seria dada a chave do céu; e, se não fosse, saberia como entrar, caso a passagem lhe fosse negada. Julguei curiosa essa ponderação, em contraponto com a minha índole: portões de cemitérios vivem abertos para todos (não obstante o horário protocolar), de preferência para os mortos, que não precisam de chave. Seja como for, os aspirantes ao paraíso encontrarão aqui, no chaveiro, um amigo. Só não sei se um amigo tão útil quanto antes; o pórtico do céu não deve ser de livre acesso. Terá com certeza tranca, cadeado, corrente, e nem com dinamite se abrirá, se o Senhor benevolente não der permissão.

## LXII. O instante

Um dia, entendi, não pela via da lógica, mas por sentir, no âmago de minhas células, o coice dessa força que comanda a vontade de permanecer. Eu estava nos meus quietos, não havia visitas entre meus muros, nenhum sinal de bicho ou de gente lá fora. Ao longe, apenas o rumor de um trator que arava a terra, e atrás dele, o silêncio. Mirei as nuvens caminhando no céu, devagarzinho, nada, nada as impedia de avançar. Às alturas, insufladas de vida, ultrapassavam livremente as linhas divisórias das fazendas, os limites dos municípios, os marcos das fronteiras. Ao contrário de minha terra, inerte, as nuvens se moviam sem pedir licença ao azul, sem causar erosão na paisagem, sem ferir o horizonte. De repente, o vento ondulou nos ramos das minhas quaresmeiras. A trama confusa dos fatos se diluiu, de súbito, em minha consciência. Então, senti as vísceras daquele instante, cálido e único, em minhas mãos; senti que o êxito da vida, da minha vida, estava ali: cada minuto vivido (em todos os meus anos) tinha sido de fato vivido, a morte jamais alcançara nenhum deles (embora sua vitória haverá, um dia, de ocorrer); então, desejei que aquele instante não passasse — o que, sabemos, é algo irrealizável —; então, desejei diferente, desejei que o instante se exaurisse lentamente, o mais lentamente que o tempo pudesse permitir, sem afetar a sua imutável condição de tempo, e foi aí que experimentei a mais vigorosa sensação de permanência, como se me fosse concedido o poder de tocar a eternidade com a ponta dos dedos, sem as dores e os ensinamentos (brutos ou gentis) da existência. Um segundo de êxtase, foi o que senti — e, em seguida, tudo se esvaiu. Tudo se esvaiu, porque a ninguém é dada a necessária grandeza de viver mais de um, um único, infinito instante.

---

## LXIII. O instante oposto

Vontade, eufórica, de que aquele instante durasse. Durasse. Durasse. Pelo menos um instante mais.

E, no entanto, em outra ocasião, num Dia de Finados, de caos explícito, a captar lágrimas falsas e conversas veladas — o sentimento inverso, com a veemência de seu repuxo, apossou-se de mim.

Lá fora, uns meninos pobres mendigavam moedas, circulando entre os carrinhos de cachorro-quente, pipoca, algodão-doce. Uma Kombi improvisada com uma pequena moenda transformava ruidosamente as varetas de cana em jarras de garapa.

Aqui dentro, dezenas e dezenas de visitantes, com seus vasos, buquês e ramalhetes de flores, alguns tristonhos, a maioria indiferente, como num dia comum, a se mover sem solenidade entre os jazigos, a fazer as suas (rápidas) orações, os seus comentários mundanos sobre o dia, os seus planos para desfrutar o resto do feriado. Casais silenciosos atrás de óculos escuros, o semblante rígido — mal atravessavam meus portões, de volta à rua e ao seu mundo, assoavam o nariz, ajeitavam a roupa, sorriam, atendendo a vida que exigia deles a retomada da rotina, *Sirvam-se, Sirvam-se da normalidade novamente*, a vida lhes dizia, *Antes que o tempo venha finalizar vocês.*

Apreciei aquela atmosfera febril e festiva, o excesso que se espraiava pelo céu, com seu ostensivo azul, apreciei as arestas que despontavam nos gestos das pessoas, apreciei os resíduos das palavras que foram se acumulando ao longo das horas, apreciei o que sobrava na paisagem, o que não deixava a vista ser perfeita, a maravilhosa harmonia do precário que se impunha por todos os lados. Eu sabia o quanto era bendita — aleluia! — aquela ordem profana, sobretudo para o bem-estar de um campo santo. Mas aquele Dia de Finados, que registrei como o de maior movimento, não foi o meu dia glorioso. O meu dia glorioso foi o dia seguinte, quando tudo acabou — e eu voltei a ser este pedaço de (quase) nada que sou.

## LXIV. Aversão

Os homens, claro, têm aversão a mim. Os cachorros, não. Os cachorros entram e saem de minhas quadras, passeiam à vontade, farejando tumbas e urinando pelos cantos. Compreendo a aversão dos homens e sei qual a sua causa: é que nós, cemitérios, somos tristes.

Mas há outra causa, de raiz mais funda, e, quando a descobri, tive vontade de sair aos saltos por aí, como os cachorros: somos tristes porque a essência humana — que nos precede e nos aviva — é triste.

## LXV. Os cachorros e os homens

Os cachorros, sempre a correr atrás dos carros que passam pela rua, a se enroscar e a latir rente ao meu portão principal, ou a perambular sem cerimônia, aqui dentro, cheirando-se, rabos e focinhos, uns aos outros. Assustei-me com um deles, anos atrás, quando, diante de meus olhos, deu-se o seu fim. Eu pouco me importava, até então, com a morte dos animais — talvez porque ela seja quase invisível e não altera as rígidas colunas da paisagem: as formigas morrem diariamente, às pencas, e seus corpos minúsculos se aderem ao solo; fundidas aos grãos de terra, quem as nota? Os besouros, prostrados de borco, a armadura faiscante, como saber que estão mortos? As borboletas, asas já inúteis, como ciscos ao vento, flutuam transparentes contra o sol. Os pássaros, caídos ao pé das árvores, se não se distinguem das raízes à mostra, jazem ocultos na grama alta. As plantas, as ervas, as árvores secam em silêncio, sem escândalo, sem macular a vista de ninguém, nem as paragens. Um fim desprovido de gritos. Os cavalos e as reses travam as pernas, despencam, só o campo assiste a seus estertores. Se não são abatidas ou degoladas, em redutos, as ovelhas, as cabras, as galinhas se encostam em cercas, rochas, tufos de relva — e expiram. Então, os cachorros ali na rua, se acossando e se pateando, o caminhão vindo em alta velocidade, e um deles distraído, um deles, coisa de segundo, esmagado entre as rodas — as vísceras vazando do ventre, o círculo de sangue, as pernas destroçadas como gravetos, à minha frente. Para suportar a cena, fiquei pensando nos outros cachorros que se afastaram, a medo, mas saltitantes. Pensei nos homens. Pensei no quanto são semelhantes, nessa hora, aos cachorros. Na certa, é por isso que são tão amigos, estes e aqueles.

---

## LXVI. Como interpretar as lantejoulas

Caíram no chão lantejoulas verdes de seu vestido, quando ela atravessou uma de minhas alamedas que conduzem à ala sul. Veio trazer o pai e se despedir dele, pelo que entendi, e me surpreendeu não propriamente pelas contas cintilantes que deixou no caminho, e, sim, por sua roupa destoar do figurino, não digo oficial, mas comezinho por aqui.

A cor preta é a preponderante, e os visitantes ocasionais, que vêm a enterros, comparecem em trajes sombrios e soturnos (quase não há uma variação de cores e matizes); nunca, que eu tenha visto, em indumentárias alegres, descontraídas — e eu, ao vê-la, sem frear a observação que me ardeu na língua, disse com meus botões, ou melhor, com meus túmulos, *Parece que veio de um baile.*

Ela não me escutou, é evidente — mesmo se minha voz fosse de tenor ou barítono —, estava visivelmente distraída; embora observasse as mãos calosas de Saulo, não se situava no presente, tinha os pés metidos no passado, do qual, é minha opinião, não queria se desprender — nele, com certeza, se absorvia por algum fato feliz.

Uma mulher, vestida modestamente, a acompanhava, e arrisco dizer, se faz sentido alguma aposta, era a cuidadora do morto (enquanto vivo, claro). Chorava mais do que a outra, não sei se de maneira franca ou se fingia: a definir cada homem como um texto, não sei ler direito as suas linhas e entrelinhas, mesmo ciente de que não há interpretação errada: entendemos pouco ou muito de acordo com a nossa ignorância. Leio meus mortos com facilidade, são textos datados, sinceros, encerrados. Mas quanto à leitura dos vivos, tenho as minhas limitações. Até porque desconfio que lantejoulas, verdes ou não, bem ou mal bordadas, costumam (sim) se soltar dos tecidos.

## LXVII. A carteira

Não vi quando a carteira caiu do bolso do paletó daquele senhor.

Mas depois, dei com ela, de borco, sobre a laje de uma sepultura. Era de couro nobre, marrom brilhante, com divisórias — e estava estufada, o que poderia sinalizar muito dinheiro. Ou, talvez, o conteúdo fosse apenas de cartões e documentos.

E lá ficou ao longo do dia.

Ao entardecer, contudo, um moço, que veio rezar para algum parente, a avistou. Ansioso, verificou se não havia ninguém por perto, que pudesse ser seu dono, e a apanhou. Sorriu ao abri-la e ver o maço de cédulas de valor alto. E aí não sorriu mais, como se fosse proibido, como se nos cemitérios só fosse permitido chorar. Às pressas, enfiou-a no bolso da calça; naquele momento, me deu vontade de gritar, *É minha!*

O moço se foi, o andar rápido de satisfação.

Tentei interpretar a minha dupla atitude em relação à carteira: primeiro, a indiferença; mais tarde, a reivindicação de posse (por sabê-la polpuda de cédulas). Mas, apesar de muito refletir, não cheguei a nenhuma conclusão que fosse, de fato, minha!

## LXVIII. Um testamento

Deixo-te, meu filho, ao contrário de outros homens, o legado de minha miséria — que contém preciosidades típicas do meu jeito de calcular as dívidas e os bens que me couberam, por igual herança, congênita, e pelo meu próprio empenho — para que tu te alegres (ou te revoltes) com a minha justa divisão, a saber:

deixo-te as virtudes dos nossos familiares, e as moléstias, que se repetem por sete gerações;

deixo-te as certezas e as dúvidas que fluem em nosso sangue, certezas que, em alguns de nós, engrossaram dúvidas que, em outros, se atenuaram;

deixo-te os meus defeitos e as minhas manias, que, se tu pudesses, os baniria da tua vida, ou escolherias com critério os menos graves, já que não podes eliminá-los, como não se pode subtrair dos pássaros o bico e as asas sem que deixem de ser o que são, pássaros;

deixo-te o relógio de teu avô (que dorme há trinta anos na gaveta da minha mesinha de cabeceira);

deixo-te a minha primeira máquina fotográfica (que não funciona), as apólices de seguro, duas, tu sabes, sempre fui previdente, mas, te alerto, desde já, que de pouco valerão para dirimir as tuas culpas por não gastar comigo, no fim de meus dias, o seu tempo, nem por ter se recusado a investir em meu conforto, ainda que seu custo não tenha me valido o benefício, só possível pelas doses de morfina;

deixo-te o meu velho carro na garagem, a caixa de ferramentas a um canto da edícula, que sempre te incomodou; *Limpe a área, pai*, tu dizias, *Tire esses trastes daí, só servem pra dificultar a lavagem do piso, pra esconder traças, pra acumular poeira*;

deixo-te os meus grandes gestos, que foram poucos, e as minhas pequenas vilanias, muitas, certo de que vão reverberar em teus atos futuros, se é que já não guiaram algumas de tuas ações passadas;

deixo-te as minhas bandeiras, que tu não és obrigado a hastear, nem dobrar e manter no guarda-roupa como uma inútil prova de teu respeito pelas nossas diferenças;

deixo-te o teu sorriso, idêntico ao meu, o segundo dedo do pé maior que o primeiro (legado, já sabes, que recebi de nossos antepassados), o formato de tuas panturrilhas (o comprimento das pernas, sejamos honestos, veio de tua mãe);

deixo-te a lembrança daquelas manhãs de outono, quando acordávamos cedo para caminhar e nos chamava a atenção a camada de orvalho sobre as plantas;

deixo-te aqueles dias de inverno que vivemos naquele chalé, aqueles dias em que, pela janela da sala, tu observavas, fascinado, os pinheiros brancos de neve;

deixo-te a nossa casa (embora o usufruto seja de tua mãe), com aquelas calhas velhas e os azulejos fora de moda da cozinha e do banheiro;

deixo-te a minha religião, o meu partido político, o meu time de futebol, sabendo que tu deves escolher os teus próprios;

deixo-te este mal chamado vida, que, contudo, é o teu único bem, um bem nem móvel nem imóvel, nem ativo ou passivo, o único que, de verdade, te pertence, enquanto, claro, desejar possuí-lo;

deixo-te as lágrimas que me dificultam escrever este testamento, quando ainda preservo o pleno juízo e não sei quando chegará a minha hora, se terei de retornar a esta escrita para fazer algum adendo, ou ampliar o que te deixo, seja ônus seja prêmio;

deixo-te, meu filho, a incumbência de me enterrar junto com os teus avós e, quem sabe — é apenas um desejo —, não soterrar a minha honra te apropriando do que não é nosso, mesmo que, para isso, não tenhas de me manter vivo em tuas lembranças.

---

## LXIX. Minha herança

O testamento, que acabo de recordar, não sei se com todas as letras, vírgulas e metáforas, foi lido em voz alta por um oficial do cartório no sepultamento de um senhor. Ainda que me exima de julgar, entendi que um poeta o escreveu. O filho, para quem ele o destinou, ali estava, um homem novo, que, certamente, conheceu a verve do pai, mas, ainda assim, não ocultava a surpresa que o texto lhe causava.

Depois que o grupo se desfez, e apenas Saulo permaneceu junto ao jazigo a recolher suas ferramentas, voltei à minha inata solidão. Que testamento, pensei, vou deixar neste mundo, e para quem? Para legarmos algo, é preciso possuí-lo e, então, programar a sua transferência, seja ou não por vontade própria. Quais bens vou doar? E o que eu devo, se é que devo, para quem entregarei? Em verdade, nem os meus mortos são meus — os meus mortos são dos outros.

Entristeci ao constatar a minha miséria, e nem sequer tenho a quem legá-la. De meu mesmo, só o destino de ser quem sou, destino que eu tenho de aceitar e que, lá no fundo, registra apenas esta história que eu vivo e revivo, que eu me conto — e reconto —, às vezes sem suportar ouvi-la.

## LXX. Salmo

Compartilho este salmo gravado na placa de bronze de uma singela campa, esquecida em minha face sul:

*Celebremos o instante efêmero*
*que é raiz, ramagem e fruto*
*de nossa existência.*
*Celebremos o instante fugaz*
*que, mesmo breve, é em suma*
*o sedimento de nossa história.*
*Celebremos o instante provisório*
*que, igual a todos, não permanece*
*e faz, definitiva, a nossa vida.*
*Celebremos o instante mortal,*
*obra-prima, suprema e perfeita*
*do Pai — que só quer o nosso bem.*

## LXXI. Enquanto

Enquanto um homem lança semente nos regos, outro tange o gado pelos campos; enquanto um, titubeante, dá o primeiro passo, outro, exausto, cessa seu caminhar; enquanto um é eleito (pelos fatos) para ser inocente, outro o é para ser culpado; enquanto um aprende o abc, outro desvenda o alfabeto inteiro; enquanto um inicia a aprendizagem, outro atinge a sabedoria (e começa a desaprender); enquanto um reza com fervor, outro maldiz sua crença; enquanto um se afaga na água, outro se afoga na pele; enquanto um, atônito, colhe seu primeiro silêncio, outro, resignado, dá a última palavra; enquanto um goza, outro agoniza; enquanto um se torna pai, outro se faz filho; enquanto um se salva na perdição, outro se perde na salvação; enquanto um vomita velhas culpas, outro sorve novos pecados; enquanto um grita pela luz, outro suspira no escuro; enquanto um faz laços, outro desfaz nós; enquanto um está só consigo, outro está só com os demais; enquanto a vida vinga e se multiplica, a morte escolhe uma moita de homens e os ceifa, sem distinguir se estão verdes ou maduros; enquanto lembro umas páginas de minha vida e as resumo, outras se desdizem na carne do meu verbo; enquanto o universo segue, em suas formas diversas e aparentes, a relva imperceptivelmente cresce; enquanto uns se deitam abaixo da terra, outros andam sobre ela — e o céu, o céu, alheio a todos, continua em seu eterno enquanto.

## LXXII. Além dos cachorros

Além dos cachorros, uns gatos vêm, às vezes, passear em mim. Ao contrário daqueles que vivem a se espezinhar uns aos outros, os gatos, por seu espírito superior às vãs disputas, não se enfrentam entre os meus muros; pousam sobre eles, lambendo as patas e mirando lá de cima a paisagem tumular, nem comovidos, nem indiferentes — apenas gatos. Talvez preservem a postura pacífica em respeito aos meus mortos, já os vi na rua à frente em encarniçadas batalhas, sanguinários como felinos de maior porte.

As cabras, desgarradas dos rebanhos, também gostam de me visitar, ainda que não encontrem pasto farto, escassas são as minhas gramíneas, quando muito, acham e arrancam um tufo entre os seixos e a terra batida — sorte teriam se eu fosse um cemitério-parque; mas não sou, e desconfio que nesses campos santos, de grama extensa, os portões vivam abertos.

Creio que são os meus portões, escancarados, e menos a sua própria curiosidade, que motivam as cabras a avançar. Não há nenhuma placa, à minha entrada, como em outros cemitérios, com a conhecida inscrição "nós que aqui estamos por vós esperamos". Sentem-se à vontade para entrar, talvez porque pressintam que outras cabras estejam à sua espera — prova de que também, como as nuvens, elas não respeitam divisas.

---

## LXXIII. Coincidências

E, como as nuvens, as coincidências também não respeitam divisas, ultrapassam fortificações e saltam muros — inclusive os meus. Datas de nascimento de muitas de minhas lápides coincidem, assim como as de morte. Forjado sobre o cobre das lápides, o desenho de uma estrela precede as primeiras, e o de uma cruz, as segundas, todos sabem seu significado. Iguais, porque cópias de obras estrangeiras, são alguns de meus panteões. Os lances de escada de umas tumbas, as paredes azulejadas, os vitrais e suas imagens de santo coincidem no estilo, na grossa membrana de musgo que acumulam, no seu bonito estado de deterioração. Coincidentes são as flores artificiais, os revestimentos cerâmicos, os mármores pretos. Idênticos (e graves) são os portões de ferro e os cadeados de dezenas de câmaras mortuárias; portões e cadeados que, depois compreendi, foram instalados não para vetar a saída das almas, mas para dificultar o espírito cleptomaníaco dos vivos — no passado, enterravam os defuntos com suas joias, seus relógios, suas roupas novas; hoje, eles são ornados com ternos e vestidos ordinários (feitos apenas para esse fim), calças e camisas de papel, pontas de sapatos (só para cobrir os dedos dos pés), meias, cintas e gravatas falsas. E os profanadores, coincidentemente, continuam a roubar, não mais os tesouros dos mortos, mas as insignificâncias acima de seus túmulos — os vasos de cobre, as placas de ferro, as esculturas de gesso, qualquer coisa que, à mostra, combine com a sua ideia de valor de troca.

## LXXIV. Também

Coincidências são como a palavra "também". Resultam da sobreposição de duas linhas de força, ou de dois traços frágeis. A face norte inclui um lado sul. Em mim também está você. Ser (o que sou) é também não ser (todos os outros que deixei de ser). A água também pode ser queimada. O negro também comporta o branco. Razões ocultas também são reveladoras. O marinho também advém do telúrico. O gozo também termina em compulsão. A névoa também se enevoa. Os olhos também podem (e devem) abrir os olhos. O sim também guarda uma porcentagem de não. O ciclone também se torna sopro. O rebento também traz no bojo uma árvore. O sacro também guarda um quê de prosaico. Maternidades também cemiteriam. Cemitérios também se avivam.

---

## LXXV. Minhas árvores

Há, em mim, arbustos e árvores de pequena monta, espécies comuns aos campos santos, que não danificam os passeios nem os túmulos: calaburas, ciprestes, flamboiãs-mirins, quaresmeiras, resedás. Duas casuarinas e uma mangueira nasceram de sementes atiradas por pássaros e escaparam desse controle paisagístico — altas e bonitas, cobrem com a sua sombra alguns jazigos da ala leste.

Se a maioria de minhas árvores não rende interesse, umas, com o correr do tempo, tornaram-se meus atrativos: as casuarinas, pelos uivos que o vento arranca ao passar por seus galhos, causando arrepios; o velho ipê, que, com o seu enxame de flores amarelas na primavera, dói os olhos de tanta beleza; e a mangueira, claro, pelas frutas que, ao alcance das mãos, são colhidas sem pudor pelos visitantes — alguns, às vezes, até sobem nas tumbas para apanhar, lá no alto, as mais maduras.

---

## LXXVI. Sultão

Na minha infância, um gato chamado Sultão perambulava pelas ruas da Vila Cláudia. Não sei por que me lembrei dele. A memória tem razões que a própria sandice desconhece. Mas é possível que seja pelo meu modo de considerar o pôr do sol — um fenômeno solitário, o sol nunca encontra outro sol para conviver. Sultão, creio que assim o nomearam pela elegância, a beleza, a linhagem. Sultão, contudo, andava sempre desacompanhado, era um misantropo, sem poder algum sobre a gataria da redondeza. Sultão. Palavra imprecisa para designá-lo, como tantas para mim. Campo santo, por exemplo: que tenho eu de santo?

## LXXVII. As magnólias

Do nada — expressão incorreta, mas a indolência me impede de corrigi-la —, apareceu, atrás da capela, um pé de *magnolia grandiflora*. Cresceu devagar, quase não a notei, mas foi ocupando seu espaço, quieta, como a maioria das plantas, até que me surpreendeu com a súbita irrupção de suas primeiras flores brancas. É uma árvore bonita, ornamental, e, depois de apurar as suas qualidades, achei graça a sua presença em lugar tão raro para a sua espécie. Sua fragrância é forte e doce (aqui o ar é de amargura). Sua propriedade ansiolítica regula o humor, é indicada no tratamento de nervosismo, da ansiedade e da depressão (doenças das quais não padecem mais meus moradores). Sua ação antioxidante é poderosa, uma combatente natural do envelhecimento (também sem serventia para a minha gente). Enfim, deveria ter nascido do lado de lá, onde os vivos têm mais precisão. Duvido, no entanto, que um e outro, sabendo desses atributos, não venham furtar ramos de minha viçosa magnólia.

---

## LXXVIII. Mudança

As mudanças quebram a mesmice dos dias, para, às vezes, impor aos dias a mesmice das mudanças. Uma delas me ocorreu quando um pequeno caminhão-baú estacionou ao lado da casa do coveiro.

Absorto pelas amarrações que duas mulheres fizeram na junção de meus muros, não percebi que Saulo e a esposa, desde a véspera, empacotavam roupas, encaixotavam panelas, embalavam louças.

Recordei-me de que o pai dele, morto recentemente, era viúvo — está com a mulher na perpétua 78 — e vivia sozinho num sobrado ali perto, na Vila Cláudia. Logo compreendi: Saulo estaria se transferindo para aquele imóvel, sua única herança.

E se o coveiro ia dessa (casa) para uma melhor, a minha solidão, dali em diante, ganharia um novo vazio. Enquanto ele vivia aqui, eu me sentia menos desolado; o mesmo posso dizer em relação aos coveiros anteriores — hoje nas perpétuas 35, 56 e 81. Senti a falta deles: de um que, mal despertava, ia fumar lá fora e mirar o sol atrás de minhas campas; de outro, solteiro, visitado todas as sextas-feiras por uma prostituta chamada Anabel; de um terceiro, que não perdia nenhum jogo de futebol pela tevê nas tardes de domingo.

Às vezes, a curiosidade me impelia a observar Saulo, às furtivas, tomando café com a mulher, dormitando no sofá, cantarolando baixinho, antes de retomar o trabalho — para varrer os meus passeios e recolher as flores murchas. Vou sentir a falta deste meu vizinho, de seus rumores na casa, do som de descarga no banheiro, das venezianas sendo fechadas ao anoitecer; vou sentir a falta da conversa dos talheres e dos pratos na hora das refeições, de tudo que é índice da provisória permanência humana...

## LXXIX. Geni, jazigo 81

Anabel, por contiguidade, me fez recordar de Geni.

Dela, quando queriam evitar os sinônimos mais vocalizados, os quais traziam de antemão uma aura de julgamento — piranha, biscate, vadia, cadela, perdida, rameira, vaca —, diziam que era garota de programa. Ou, expressão que, creio, melhor lhe concernia: mulher da vida.

Dela, nada tenho a dizer. Não arbitro, não emito pareceres, não formo conceitos. Dela e de sua condição recente, apenas digo, como também em relação às demais: mulher da morte.

## LXXX. Amarrações

Amarrações costumam ser de cunho amoroso — para agarrar marido, esquentar mulher frígida, aumentar potência sexual, acabar com guerras conjugais, enfim, a lista é do tamanho da inventividade (e da ambição) humana. Poucas amarrações enveredam por outros fins, não menos distantes dos afetos: afastar sogra, curar vício, arranjar emprego...

Não me aborrecem as que exigem em sua "receita" punhados de minha terra — colhida tão logo elas, as mulheres, atravessam o meu portão central. Quase sempre são duas; uma, que vem fazer a coleta, mas, avessa a cemitérios, requer a companhia da outra, para lhe dar coragem. Entram e saem em questão de minutos; não têm, aliás, motivos para se alongar. Se encontram o coveiro ou algum visitante pelas minhas aleias, fingem orar ao pé de uma sepultura. Levam uma porção de mim, juntam a uma roupa íntima da pessoa (que desejam amarrar) e enterram no quintal de casa, enunciando um conjuro para São Cipriano (não me admira que exista um santo maligno). Essas amarrações realizadas longe de mim, pelas esquinas de Cravinhos, não me dizem respeito, e não me trazem sujeira. O que já não acontece com aquelas cujo resultado só é garantido se feitas numa de minhas encruzilhadas. Estas não levam terras minhas na receita, mas são deixadas aqui em bandeja com charuto, mechas de cabelo, velas vermelhas, garrafas de sidra, sebo de porco, e, obrigatoriamente, miúdos e sangue de galinha preta.

## LXXXI. Monólogo do sangue da galinha

Fluido, fluido, eu corri no corpo dela, irriguei seus vasos de vida, eu fui a escritura líquida que regeu seus dias e noites, seus espantos ante o tronco das árvores, as moitas de capim, os muros sujos; eu quem a fazia desabotoar os olhos, ciscar os grãos de milho, as minhocas e as lagartas; eu a preparei para os galos bravios e para a gala dos ovos; eu fui a força rubra, o vermelho-carmim oculto dentro dela; eu garanti a sua existência, escondendo-me o tempo todo sob suas penas; eu me poupei para esse desfecho, porque se eu dou a vida às escondidas, eu só me revelo na morte; eu corri em seu corpo, para me esguichar, ruidosamente, depois da degola, e escorrer nessa bandeja, onde escureço, engrosso e apodreço; eu me mostro, enfim, alegre e sobejo, para essa noite do mundo; eu me sacio, eu me embeveço, eu me inebrio com as sombras, eu vou me infiltrando, grudando e me enrijecendo na superfície da terra; eu fedo a cobre, eu emporcalho a vista, eu sou a mancha sublime nesse pequeno altar; meu efeito, somado às demais oferendas desse círculo, devastará as resistências do bem; é maravilhoso, é maravilhoso sentir o meu poderio, sentir que sou o agente vital desse pacto indestrutível; eu fui predestinado para atender, pela magia, à demanda de uma dona aflita; eu vou unir a sua carne à carne do homem que ela deseja, dois espíritos num só; eu, sangue de galinha preta, cintilo agora, à luz da lua, na encruzilhada deste cemitério — um triunfo pelo qual, antes da plena putrefação, dou graças e glória a Lúcifer.

## LXXXII. Complemento

Por minha conta e risco, acrescento ao monólogo do sangue da galinha degolada, após sua vênia ao anjo caído, o seguinte complemento, que retorna ao seu início e lhe dá um nó melhor ao final:

Fluido, fluido, eu fui, denso, denso, agora eu sou, e, por mais poderoso que seja meu desempenho, não depende só de mim a concretização do pedido — mas também da qualidade da parafina usada na fabricação das velas, da competência da amarradora, da permissão do escuro Além para que se altere nas baixas camadas o plano traçado para o casal, e, sobretudo, depende do (alto) valor pecuniário pago para o trabalho ser bem-feito.

## LXXXIII. Mortos-vivos

Tardei para falar dos mortos-vivos, esta categoria, digamos, de criatura híbrida, de inegável pertinência à minha história, uma vez que os mortos estão do lado de cá, e os vivos, do lado de lá, ou deveriam estar, porque, em verdade, até poucos anos atrás, eu não sabia como reconhecê-los. Bem sei quem são os meus (mortos) e quem são os vivos, migrantes, que (no futuro) atravessarão os meus portões e aqui permanecerão para sempre. Mas, com a velhice, aprendi a identificar os mortos-vivos: eles circulam livremente pela cidade, para além dos meus domínios, às vezes com alarde, a disseminar por alto-falantes conceitos obsoletos, a propalar aos berros teorias vãs, a uivar frases clichês aos sete ventos, contrariando o senso comum que os vê como gente fraca e indolente, sem estro, seres fartos de apatia. Os mortos-vivos estão todos por aí, às soltas; não há nenhum em meus domínios.

## LXXXIV. Eles pensam

Homens e mulheres pensam, pensam, pensam e, muitas vezes, verbalizam, em qualquer lugar e instante, o que lhes faísca na mente. Sem frear os pensamentos, quando estes, em comboio, seguem em rota de colisão, deixam que vazem das bocas a baba da maldade e da intolerância. Eu permaneço em muda postura, nada posso fazer senão ouvi-los — o conflito dessa tarde, por exemplo, foi dos mais comuns entre um casal, mas as palavras, atiradas de um para o outro, eram rascantes e pontiagudas:

Eu pensei que pagar todas as contas da casa era o suficiente, disse o homem; eu pensei que cuidar do bebê por todos os minutos do dia bastava, disse a mulher; eu pensei que, além de pagar as contas, também era de alguma ajuda a louça que eu lavo, o lixo que eu levo até a rua, a mamadeira que eu aqueço, quando você não tem forças para levantar de madrugada; eu pensei que, além de ficar com o menino o dia inteiro, era uma contribuição extra eu limpar os banheiros da casa, cuidar da comida, lavar e pendurar no varal as suas roupas; eu pensei que você compreenderia todas as mortes que carrego comigo e o quanto elas me fazem odiar este mundo injusto; eu pensei que você compreenderia todas as vidas que eu renunciei para amar este mundo que é, sim, mais do que justo; eu pensei que você ainda gostava de deslizar pelos lençóis e se prender ao meu corpo; eu pensei que você evitava se ancorar em mim porque não se achava mais nos caminhos da minha pele; eu pensei que dar a você o meu sobrenome e plantar um filho em seu ventre era o mesmo que dizer *Estou aqui por você, o que mais posso te oferecer?*; eu pensei que você soubesse que nem sobrenomes nem filhos compram amor, e amor, por ser escasso, quando há, deve ser dito e redito à exaustão, nem se for com a língua da indiferença; eu pensei que, ao menos hoje, ao enterrar minha mãe, de quem você nunca gostou, mas sempre fingiu aceitar, eu seria poupado dessa discussão, afinal, para você será um alívio não ter mais de aturá-la; eu pensei que você soubesse que eu lamento a sua perda, mas a roupa suja tem de ser lavada, seja dia normal, seja dia de velório; eu pensei que você teria um pouco de piedade e deixasse esse assunto para amanhã, quando o corpo dela estivesse já acomodado à terra; eu pensei que você, depois de tantos anos comigo, soubesse que eu não empurro para o dia seguinte o que deve ser resolvido hoje; eu pensei que você pudesse adiar essa sua fala até chegarmos lá fora, no mínimo em consideração ao seu próprio pai, que está aqui enterrado; eu pensei que você me conhecesse melhor e soubesse que eu não adio nada, porque a vida é inadiável; muita coisa poderia ser evitada se houvesse bom senso de sua parte; eu não posso evitar nada, a morte está aí para nos provar; e pensar que você, um dia, foi aquela mulher que tirou o meu desejo de me deitar com todas as outras; e pensar que você, um dia, foi aquele homem que eu escolhi, julgando ser o mais íntegro, entre tantos outros partidos.

---

# LXXXV. Esmeril

Anos atrás, num terreno aqui perto, abandonado, vi, no fim da tarde, uma lona de circo ser erguida — o que trouxe movimento às minhas redondezas. Mas, por falta de público para as suas atrações, o circo logo partiu. Teria me esquecido completamente de sua passagem, se não fosse a semente, no bolso do palhaço aqui sepultado, ter se transformado neste meu coqueiro.

Meses depois, no mesmo terreno, uma caravana de ciganos aportou, com seus caminhões velhos. Permaneceram poucos dias — as mulheres lendo cartas para as moças da cidade, que ainda acreditavam no amor como redenção; os homens a consertar cabos de panelas para os moradores da Vila Cláudia.

Uma cigana me visitou, inesperadamente, num fim de tarde de céu azul. Nada fez de diferente — mirou uns túmulos com mais interesse, outros com menos, contemplou a capela, sentou-se num dos bancos perto das minhas quaresmeiras. Não me surpreendeu que, a certa hora, desabou em pranto, mas, sim, que havia em sua blusa o bordado de uma âncora. Guardei esse detalhe, talvez porque a gente de sua linhagem não se prende à terra nenhuma, tampouco ao mar.

Noutro dia, um dos ciganos veio em direção às casas próximas a mim, onde parou com uma bicicleta sobre a qual improvisara uma pedra de amolar. Não tardou para surgirem umas donas de casas com suas facas e tesouras cegas, e, então, o homem iniciou seu trabalho, para meu contentamento. Eu sequer imaginava que, do atrito das lâminas no esmeril, que ele girava com o pedal da bicicleta, pudessem saltar faíscas tão bonitas. De suas mãos choviam minúsculas centelhas que cintilavam vivamente e, no instante seguinte, se apagavam — para que outras, igualmente efêmeras, as substituíssem.

Mirando as fagulhas dardejando de um facão em contato com o esmeril, pensei no pai de Saulo, no cachorro que o caminhão atropelara, no meu morador mais novo — todos reluzindo num instante, como centelhas, e noutro, desaparecendo, para sempre.

---

## LXXXVI. As profissões (e os sonhos)

Todos, enquanto centelhas reluzentes — antes que, de súbito, se apaguem —, exercem algum ofício na vida, embora sonhem com outro. Numa das aleias de minha face sul, descobri pela conversa dos familiares, que, vez por outra, vêm trazer flores para os mortos lá enterrados, as suas profissões (e os seus sonhos):

Zaida Abranches, costureira (médica pediatra); Carla dos Prazeres, dona de casa (cantora); Josefa Silva Sales, balconista (professora); Paulo dos Anjos Nascimento, comerciante (arquiteto); Antonio Damasceno Neto, garçom (fazendeiro); Eustáquio Arantes, dentista (dentista); Paulo do Vale, bibliotecário (escritor); Martino Ferreira Filho, taxista (piloto de avião); Tadeu Ramos Freire, barman (bombeiro); Márcia Rezende França, dona de casa (advogada); Silvia Vasconcelos, enfermeira (médica); Adriana Figueiredo Santos, médica (cientista); André Lobo, jardineiro (agricultor).

---

## LXXXVII. Três tristes flores

A flor que nasce em minha terra
cheira a barro,
está presa ao solo pelo talo,
que oscila, frágil, ao vento,
e para a chuva ela se derrama,
alva — e seca.

A flor no vaso sobre um túmulo
cheira a dor,
está fixa na parca areia,
na forma dada à cerâmica,
e sabe que ali, estrangeira,
não pode crescer.

A flor na estampa da camisa
tem o aroma dos fios
que urdem seu tecido,
o verde dos ramos e a casca do tronco
são como esse sol que desenho,
sol sem pétalas — mas vivo.

## LXXXVIII. Um Natal

Talvez seja insensível dizer, mas, para mim — como para a morte, que continua a me enviar gente o tempo todo —, o Natal é um dia qualquer, embora para muitos seja dia de louvação à vida.

Houve um Natal em que Saulo teve de sair da mesa do almoço, coberta de carnes e doces, para trabalhar sob o sol de dezembro: morrera na cidade uma senhora sem parentes e urgia enterrá-la naquela tarde. Se fosse uma criança, ou um jovem, a ironia persistiria — o Natal, para ela ou outro morto que ocupasse seu lugar, não deixaria de ser, no dia dedicado ao nascer, o seu ato final.

Por isso, a meu ver, os dias são só dias; em cada um, e em todos, é dada uma chance para a vida, e outra para a morte. O tempo avança, e, para as vidas em progresso (eufemismo para designar a sua decadência), aproxima-se o dia em que as chances já não serão meio a meio, mas, sim, tudo para a cruz e nada para a estrela (que se apagará).

Um vizinho foi a única pessoa presente no sepultamento dessa senhora. Em conversa com o coveiro, que então fechava o túmulo, ele disse que era triste morrer no dia de Natal, mas pior seria não morrer nunca. Por piedade, os deuses a certa altura nos concedem a exaustão — esse estado em que, mesmo que se ame a vida, e que haja motivos inegociáveis (pessoas queridas) para permanecermos mais tempo, passamos a desejar a morte, pois não temos força para ordenar que os olhos se fechem, e alguém terá de fazê-lo por nós. O massacre da dor nos fará rezar pelo fim; a vida, então, nos dará a morte como alívio. Saulo concordou com a cabeça e se manteve sereno. Já eu guardei essas palavras para encaixar aqui, em algum capítulo das minhas memórias!

---

## XIX. Ano-novo

Os cravinhenses não costumam me perturbar no ano-novo. Apenas um ou outro sepultamento ocorreu nessa data. Assim como o Natal, é um dia consagrado aos inícios. Mas o único episódio — e já vai longe no tempo — de exumação que se deu em meu quadrado foi justamente numa manhã de ano-novo. Surpreendeu-me quando o coveiro, à época, alçou o caixão da tumba e o abriu: lá dentro, sobre um feixe de ossos, havia tão somente uns tufos de cabelo.

De qualquer forma, o ano-novo me agrada; a alegria (se não falsa) por festejar uma nova oportunidade de mudança — que quase nunca ocorrerá — é expressa com vivas pelas pessoas que passam lá fora. O ano-novo me agrada especialmente porque, na véspera, me entrego à placidez, largo o tutano do esquecimento para viver só a carne do instante. Gosto de ver os fogos de artifício que eclodem no céu, subindo dos cantos da cidade. Tão lindos e, no entanto, efêmeros como os fogos-fátuos que, não raro, espoucam ao anoitecer à beira de meus muros. Tanto aqueles quanto estes não passam de lumes que, ao atingir o esplendor, esvanecem. Um espetáculo que sempre comoverá quem (é o meu caso) vive de términos.

Uma vez, contudo, a minha calmaria foi rompida na noite de Ano-Novo. Eu estava sob o feitiço causado pelos fogos de artifício, quando um casal saltou meu portão lateral: a moça, com uma garrafa de champanhe na mão, esparramou-se logo sobre um jazigo e se abriu para o companheiro, e ele de imediato a lancetou. Depois, ali deitados, contemplaram as estrelas, que, naquela noite, aglomeravam-se num enxame cintilante. A certa altura, dormiram. Mais tarde, despertados pela alvorada, pularam de volta meu portão e foram embora, cambaleantes por contentamento e por desafiar a lei dos mortos. Esqueceram a garrafa de champanhe (vazia), e Saulo a recolheu no dia seguinte.

Tive uma sensação indefinível ao vê-los invadir o meu espaço, copular sobre um jazigo e, em seguida, admirar silenciosamente as estrelas. Tentei expressá-la algumas vezes, incluindo a garrafa de champanhe, mas não consegui. Guardei a ocorrência como outras, às quais não sei qual sentido atribuir, se é que a memória não grava de preferência o que fica à sombra — e não o que está em relevo. Às vezes, o bordado na blusa chama mais atenção que o tecido.

## XC. Retificações

Retomo o episódio dos cachorros. Eu, que nunca vi a morte agir senão extramuros, comentei o quanto me transtornara assistir ao atropelamento de um deles — a cena continua a vazar de meus olhos, como suas próprias vísceras, esguichando na rua como um recheio, quando o caminhão o esmagou. Na ocasião, referi-me aos disfarces da morte, em se tratando de sua ação sobre os pequenos animais; lembro-me de ter dito que os pássaros mortos se tornam invisíveis, confundem-se com a terra numa espécie de mimetismo às avessas.

Faço uma retificação; em verdade, duas. Tempos atrás, vi, entre dois jazigos, um pardal encolhido; com muito esforço, fez um movimento, quase imperceptível, para alçar voo. Arrastei meu interesse até ele — e notei que uma asa lhe ia quebrada. Eu não tinha como socorrê-lo, o que me disparou um sentimento de impotência e misericórdia, mais esta do que aquela; as chances dele dependiam de alguém passar por ali e notar a sua condição, àquela hora, ainda reversível.

Ouvi a voz de Saulo no portão central e fui averiguar com quem conversava: uma senhora alta, cabelos curtos e grisalhos, os olhos de um lindo azul. Dizia ao coveiro que procurava a campa dos Almeida, família de seu marido; queria saber se havia espaço para mais um morto ou se era necessário desocupar alguma gaveta; afirmou — o que me pareceu inusual em sua conduta — que o marido, doente condenado, talvez durasse uma semana, e, então, cabia a ela, desde já, cuidar das providências do funeral. *Não gosto de deixar nada para a última hora*, disse. Pensei nesse marido e no pardal, ia fazer uma associação para encampar ambos, mas a expressão *deixar nada para a última hora* me distraiu.

Passei parte do dia lendo epitáfios em meus túmulos — o que parece ser algo chato, mas sempre se pode considerar as velhas coisas por meio de um juízo novo, retificador. Depois me peguei a ver, lá longe, a gigantesca nuvem de fumaça que subia de uma queimada nas lavouras de cana. Antes de entardecer, voltei ao pardal. Ele continuava no mesmo lugar: tentava se mover, lenta, lentamente; seu gesto era mínimo, quase um não gesto.

Na manhã seguinte, evitei passar por onde o avistara. Pelo meio-dia, vi uma sombra miúda lá perto, pareceu-me uma pedra: mas era o pardal. Dezenas e dezenas de formigas tentavam carregá-lo.

Foi a primeira vez que vi a morte agir aqui dentro, finalizando, sem pressa, uma criatura. A vida nos obriga, o tempo todo, a fazer retificações.

## XCI. Árvores ao vento

Então, anoiteceu. Pisei na superfície do sono e fui, aos poucos, descendo a camadas mais fundas. Dormi longas horas. Acordei sem planos, esquecido do pardal e das formigas que tentavam carregá-lo, proporcionando-lhe assim, nos dutos do formigueiro, uma sepultura.

Com a mente leve, e sem visitas (o que me obrigaria a vigiar meu território), passei a manhã observando o vento mover as folhas de minhas árvores. A princípio, assisti àquela dança silenciosa, reparando no vaivém dos ramos, no tremular delicado da folhagem, no orgulho dos troncos (os únicos, ali, imóveis). Depois, senti certo langor, que, por pouco, não me fez, com o sol já alto, retornar ao sono do qual saíra. Mas, antes de me afundar na modorra da contemplação, imaginei quem, como acontecia comigo, perdia (ou ganhava) seu tempo captando esse fenômeno — das árvores a ondular ao vento. Quem as observava quando o vento passava por elas?

Tentei uma retificação: quem, no mundo, as observava a qualquer hora? Outra retificação: se alguém as observava ao vento, que diferença fazia para elas, para o mundo e para esse que as flagrava? Segui retificando: as árvores ao vento deixam de ser árvores ao vento se não se sabem como árvores ao vento?

Assim, gastando-me em busca de uma retificação mais precisa, fui passando por outras, como o vento pelas árvores, até que saí delas sem nada conseguir a não ser me sentir, a certa altura, extenuado.

## XCII.
## Uma única ratificação

Se é do homem retificar o tempo todo — com o conhecimento ganho no usufruto de mais um dia — a sua posição diante do mundo, é certo também que a mudança de uma única letra pode retificar hoje o texto que um homem escreveu ontem e, quem sabe, chegar à sua edição definitiva. Basta a palavra ratificação para acabar com todas as retificações. Tanto as que anularam as anteriores quanto as vindouras (que seguem disponíveis no umbral das possibilidades).

## XCIII. Ação normal

Deixei claro na advertência que fiz, páginas e páginas atrás, que um e outro caso de morte se deu ironicamente aqui dentro. Meus moradores chegam sempre finados, sou eu, fora do sistema cartorial, que confirmo nas gavetas subterrâneas dos jazigos — e aí não cabem recursos — o seu definitivo atestado de óbito. Mas seria lacuna imperdoável não aludir à ação (rara) da morte em minhas áreas: contei há pouco o episódio do pardal; entro agora na seara humana.

Escolho um caso, não por predileção, e, sim, por seu pioneirismo — a primeira vez, seja do que for, é uma quebra, um rito iniciático, mesmo que as seguintes sejam de efeitos mais poderosos. E foi um acontecimento tão inesperado, que quase o perdi: um senhor se pôs a orar, de joelhos, diante de um túmulo, e, de súbito, se curvou e deitou sobre o mármore, como se fosse possível daquela maneira abraçar o morto para quem rezava — ao menos me causou essa impressão inicial. Logo, no entanto, tive de reavaliar meu ponto de vista, porque o homem não se movia.

Entendi mais tarde, quando vieram enterrá-lo naquele mesmo túmulo, que sofrera um infarto. A quem ele se juntara? À mãe, à esposa, ao filho? Não sei. Mas a ação da morte se mostrou normal — embora, longe de ser ingênuo, eu sabia que ela nem sempre age daquela forma, diligente e sutil. O cachorro atropelado me mostrara justamente o oposto.

---

## XCIV. A falta que faz um dia

Volto ao tema dos dias.

Se há quem os esbanje, tenho visto quem lamente a falta que um único dia faz.

Um dia mais, e Caio teria vivido o último Natal em família, eu poderia ter ido ao batizado do meu afilhado, Mariano teria completado 60 anos (uma data bonita na certidão de óbito), minha mãe poderia ter bebido aquela taça de champanhe que fui pegar para brindarmos, à Dora teriam contado que a mulher de Duda estava grávida, tio Lúcio teria conseguido reencontrar as duas filhas que não via havia quinze anos, eu, depois de esperar esses quinze anos, abraçaria meu pai e nem perguntaria por que ele nos deixou, mas eu, a outra filha, não, eu teria dito a ele "você me dói desde sempre e não cicatriza", eu sou uma mulher que você não viu menina, Neuza teria visto as primeiras flores da roseira que havia plantado, Duílio, por um dia Duílio não viu o filho se formar em direito, e eu, só me faltava um dia para me aposentar, Helena teria fumado mais um cigarro sem saber que era o último, Jordi ganharia mais um selo valioso para sua coleção, Clara espiaria outra vez pelo biombo das horas o mecanismo secreto do mundo, eu teria visto mais um pôr do sol, a mãe teria terminado de pintar aquela tela, Dolores teria lavado os pratos sujos sobre a pia, o velho Jonas se lembraria de levar o liquidificador para o conserto, Alberto daria mais uma volta em seu barco novo, Zeca teria entregue ao primo a carta na qual o pai contava toda (toda?) a verdade, Júlia acertaria os relógios da casa com o início do horário de verão, Gisele receberia pelo correio os livros de misticismo que encomendara (como se folheando-os, na véspera de sua morte, lhe revelassem algum mistério), um dia mais seria uma lasca de eternidade para João, que viu a sua filha Maria nascer quando já passara dos 50 anos (um dia mais para ele seria glorioso, mesmo se perdido na tarefa de recolher os restos de comida derrubados por ela no chão da cozinha), Lúcia, com seus 17 anos, saberia que o desejo dos lábios já faz parte da aventura do beijo, o irmão Carlo teria dado a Rino a tão sonhada camisa do Roma, mas, com a greve dos aeronautas italianos, chegou em casa só na manhã seguinte, minha avó teria passado mais uma Páscoa com os netos e os filhos (quase tão velhos quanto ela), Ana teria se debruçado à janela mais uma vez, para ver, lá adiante, a rua, o flamboiã na calçada e, por fim, seus braços manchados de tempo, Bia teria a companhia de Mateus no momento em que o pai soltou o fio da vida como um balão, Joelma sonharia novamente com um templo em Sri Lanka, Leonel teria ouvido ainda seu nome algumas vezes na voz da filha que retornara de uma comprida viagem, um dia mais e Evandro teria dito a Rafaela que a amava (como se, depois de ouvi-lo, ela não se revoltasse contra o destino, que lhe dera só as palavras de amor dele, mas não o seu amor), e eu, Manuel, se tivesse mais um dia, eu teria escondido de meu guri o revólver que o matou.

---

## XCV. A falta que um dia *não* faz

Como contraponto:

Um dia mais não tornaria Eduardo menos violento, nem seria o suficiente para que eu limpasse meus olhos das cenas assustadoras que vi, também um dia mais não limparia dos olhos de Marcílio as lindas paisagens que neles se acumularam (até as lindas paisagens cansam a vista e precisam, para manter a beleza, se alternarem com as pálidas), e aquele ali, no jazigo 39, não teria pedido perdão para a mulher a quem traiu por anos a fio, e mesmo se lhe dessem mais e mais dias, Antônio continuaria a ser o mesmo e odioso Antônio para os filhos e os funcionários da empresa, e as três irmãs, envenenadas na mesma noite, continuariam ignorando que uma delas invejava as demais e tramou para que morressem juntas, um dia mais não retificaria a vida de meu irmão, que, além de andar por veredas venais, inventou também rotas tortas, e Madalena, no jazigo 23, não se arrependeria dos males que fez para a mãe às escondidas, e por mais dias que se concedesse a Luciano, ele não teria descoberto que levava o mapa de seu destino desenhado na própria mão, e não que levava na mão um mapa (no qual não reconhecia o nome das cidades, nem sabia que, se o dobrasse, unindo as pontas, ligaria o sol do meio-dia à escuridão da meia-noite, para iluminá-la), e o filósofo, de mesa de bar, agora na perpétua 4, não teria cinzelado em sua mente pétrea outra caverna que rivalizasse com a de Platão, as crianças (na verdade, apenas Naldinho) não teriam derramado café no passaporte do pai (mas e daí?), um dia mais não teria afastado Arnaldo do abismo sempre à sua frente, o Grand Canyon continuaria no sonho de Jaílson, as roupas íntimas de Heloísa, mesmo ao sol das 2h da tarde, não secariam (tão ensopadas de culpas), Antunes não voltaria a mover as pernas nem com um milhão de dias concentrados num só dia, Vanessa não provaria o vestido de casamento (seria preciso três dias), tia Emília não se lembraria que o estranho sentado no sofá de casa era seu marido, meu primo não conheceria o mar (e, assim, jamais saberia o que é partir), a garota do jazigo 87 viveria outra terça-feira comum, um dia mais e nem assim o palhaço aqui enterrado conseguiria atear fogo no circo, meu pai continuaria a negar a senha de sua conta bancária (a do corpo ele já cedera à morte) só para nos dar o ônus do inventário, um dia mais não fez nem faz falta para que esqueçamos tudo o que sabemos (e nos aliviaria umas toneladas de pesares), um dia mais, sim, poderia conceder a

Paulo, com a notícia de que ele ganhara na loteria, uma alegria de última hora, como se fizesse alguma diferença morrer com um sorriso ou um esgar, já que, não há, depois de morrer, um segundo seguinte de consciência para se ter qualquer emoção, um dia mais não pode, sozinho, presentear com a luz quase cegante da felicidade quem, apesar de colecionar bons momentos, sabe que a vida é, em resumo, um tatear às cegas pelo escuro corredor do tempo.

---

## XCVI. Pelo que vejo, posso dizer

Aprende-se, na vida, consigo e com os outros; sobretudo com os outros, no meu caso, que atravesso os dias recebendo mortos — e seus familiares, que, não raro, aqui se comportam como se estivessem na sala de casa, em conversa na cozinha enquanto preparam o almoço, ou no banheiro, este tomando banho, aquele sentado no vaso para ouvi-lo (atento mais ao cair da água no piso do que às palavras do outro).

Aprende-se quase tudo com os demais, por isso há professores, como João, que Beatriz veio sepultar meses atrás, Urso (de quem vou falar logo mais) e outros que estão no labirinto de túmulos que me constitui, e, claro, também aqueles que estão lá fora, em ação. Pelo que vejo e experimento, posso dizer: aprendi que o silêncio, visitante assíduo em mim, quando quebrado, deixa cacos entre as palavras, e cacos, queiramos ou não, são predestinados a cortar; aprendi que, uma vez perdida a hora, só se pode encontrá-la no nosso rol de arrependimentos; aprendi que se distrair é atrair toda a atenção para algo, como faço ao entardecer, contemplando o sol a morrer atrás do Pico do Selado; aprendi que só os filhos ensinam aos pais o que estes precisam saber para serem pais; aprendi que o poder do convívio preserva o afeto (e o ódio) mesmo com anos-luz de distância entre irmãos; aprendi que, ao falar, as pessoas pegam as palavras mais próximas, como as frutas nas árvores, enquanto, ao escrever, precisam de escadas para subir nos galhos, correndo o risco de cair ou de encontrar lá no alto só maçãs verdes, goiabas bichadas, abacates podres; aprendi que nem sempre o nome cabe no homem que o porta, nem a idade sobre os ombros que suporta, aprendi que o nome, quando dito subitamente, nem parece ser daquele que o atende, e os ombros, às vezes, se enlevam com o peso que carregam; aprendi que na palavra alegria moram muitas aflições, e na alegria mora a aflição de muitas palavras; aprendi que não há museus de des-acontecimentos, catálogos de desamores, coleções de caminhos não trilhados; aprendi que, certas manhãs, ao acordar, aquela contração que sinto no corpo sinaliza a minha ruína; aprendi que sei poucas coisas, sei da inevitabilidade do fim, sem que nada possa fazer para mudá-la, e mesmo assim preciso falar sobre ela, preciso dizer que todo recém-nascido, até o mais pulsante de vida, prenuncia um homem morto; preciso dizer que o amor, qualquer amor, mínimo ou imenso — do casal que copulou sobre um dos meus túmulos no Ano-Novo, ou do casal que concebeu um filho junto a um de meus muros —, não durará; aprendi que todo amor, por mais forte, terminará (se é que de fato existiu algum dia), terminará por diversos motivos — e o motivo maior, sabemos: um dos amantes morrerá primeiro (tenho casos de pares que vieram para cá juntos, mas são exceções); por mais forte que seja, o amor terminará, aprendi essa verdade, e não sei o que fazer, ela apenas ratifica que esta é uma daquelas manhãs em que sinto a minha ruína (e a de todos os homens), embora não possa negar que, por enquanto, aqui estamos nós (humildemente) sobrevivendo ao nada.

---

## XCVII. O choro

Às vezes, faço ouvidos moucos, mas escuto todo tipo de conversas — das quais não posso fugir, ainda que tente ser discreto, e, assim, obtenho parte substancial de meus conhecimentos sobre os homens. Escutando seus diálogos e atento aos gestos que os acompanham (alguns desmentem vivamente suas palavras), aprendo muito sobre eles, e, também, sobre mim.

E o que mais ouço dessa gente que vem enterrar seus mortos?

Choro.

Até Saulo, frio em seu ofício — sepultar desconhecidos deve ser como carregar as malas de outra pessoa —, chorou quando morreu o pai.

O pranto, em minhas alamedas, é tão comum como as árvores, os pardais, as formigas. De tanto ouvir choro picotado pelos gritos e pelas lamúrias das despedidas, de tanto ver olhos rubros e faces ensopadas de lágrimas, fui me tornando um observador obcecado pelo tema.

Com o tempo, achei que aprendi a distinguir as lágrimas de sofrimento das de felicidade, em que pese estas não serem apropriadas em campos santos. Lembro-me, quando jovem, da presença das carpideiras nos funerais, costume que desapareceu inteiramente. Sinceras eram as lágrimas daquelas mulheres: carpiam pelas próprias mazelas, pela frágil condição humana e, indiretamente, pelos mortos cujos parentes as haviam contratado.

Agora, cemitério vetusto, aos 70 anos, sei que a distinção é mais complexa, comporta inumeráveis tons que eu não percebia. Detectei um cisco de alegria nos olhos da moça que, outro dia, chorava escandalosamente pela perda do pai. Registrei que o choro de um bebê no colo da mãe, tempos atrás, não era fome, nem sede, mas dor física (os sapatinhos lhe esmagavam os pés). Posso afirmar, categórico: a cigana, que vestia a blusa com bordado de âncora, quando se sentou à sombra de minhas quaresmeiras, derramou todas as lágrimas de sua vida — como se lançasse secamente no mundo o desejo de escapar de sua sina nômade.

Exemplos dessa natureza, eu os tenho até em demasia. Contudo, há pouco, fiquei confuso, perdi a certeza que tinha sobre o assunto: de repente, pelo meio-dia, senti, do nada, um estremecimento. Uma espécie de gratidão pela minha existência e, ao mesmo tempo, uma suspeita de que habitava um sonho em vias de acabar. Fosse eu gente, diria que me desceu uma lágrima, e não consegui diferenciar se era de alegria ou de tristeza.

## XCVIII. Mais choro

A sanha das retificações prossegue: seja qual for a matéria — um novo choro —, ela nunca se exaure. Digamos que, depois de minha lágrima ter secado, veio-me à mente uma recordação.

Era primavera; notei um movimento de abelhas em uma de minhas casuarinas. Não tardou para que construíssem seu abrigo, defeituosamente redondo, num dos galhos da árvore, e o ampliassem dia a dia, como certos textos que exigem expansão com sua fome voraz de mundo.

Ninguém deu pela colmeia no alto da casuarina, oculta pela folhagem, a não ser eu — que, a princípio, não avaliei o perigo de sua presença e nem poderia afastá-lo. Ora, por ocasião de um sepultamento numa tarde de calor, as abelhas, em alvoroço, atacaram a mulher que carregava uma coroa de flores, e ela, exasperada, se debatia, tentando espantá-las, mas gerando efeito contrário. Um senhor veio em seu socorro, sem conseguir livrá-la das picadas. Atentei para o choro dela, que não se assemelhava ao das demais pessoas; era de outra estirpe — ira, indignação, revolta.

Na manhã seguinte, Saulo subiu na casuarina, salvou um favo de mel e incinerou a colmeia — o que fez com visível prazer —, antes de arrastar os pedaços carbonizados até a rua.

O caminhão de lixo levou os restos da colmeia junto com a coroa de flores. Flores que, no caso, em vez de vida para as abelhas, deram a elas a morte.

---

## XCIX. Passaredo

Mencionei as árvores de meu quadrado, plantadas em diferentes épocas, as paisagísticas (se posso assim me expressar) e as frutíferas, inclusive as que nasceram à revelia, como o coqueiro cuja semente, no bolso do palhaço morto, encontrou em mim o solo indispensável para crescer quando o enterraram.

Falei das flores, daquelas que os visitantes trazem em coroas, maços e ramalhetes, e das que nascem entre minhas campas, espalhando um colorido vivo à superfície — margaridas, lírios, dálias, crisântemos e cravinas. A respeito destas, acrescento, brotam em qualquer lugar, são flores do campo; e se o campo é santo ou profano, não é a presença delas que os diferencia.

Sobre os pássaros, entretanto, fiz apenas alusões, e eles, se não me habitam de fato, vêm diariamente pousar em minhas árvores, sem protestar por eu não ser um bosque. Devo ter lá meus encantos para atraí-los, ou se resignam pela natureza não lhes oferecer alternativas.

Pensei em contar algo deles, mas, de preferência, que me afastasse a lembrança do pardal com a asa quebrada e seus estertores. Então, ontem, como se a máquina do mundo registrasse minha intenção e me instasse, com um impulso suave, a dar corda ao tema, uma música ecoou do rádio de pilha do coveiro — música que não faz seu gosto, jamais a ouvi na estação à qual ele habitualmente sintoniza.

A letra da canção saudava diversas espécies de pássaros e, ao fim, alertava para que tomassem cuidado com os homens. Reconheci nela o nome de alguns que vivem em minhas árvores: pintassilgo, pintarroxo, melro, chega-e-vira, engole-vento, tordo, tuju, tuim, tié-sangue, tié-fogo, coleiro, trigueiro, colibri, macuco, quero-quero, tico-tico, anum, martim-pescador, rolinha, bem-te-vi, sanhaço, bicudo. Outros, aludidos, nunca vi por aqui: uirapuru, saíra, inhambu, asa-branca, rouxinol, viúva, utiariti, cotovia, ave-fria, chapim, juriti, andorinha.

Também alguns pássaros, que me povoam, foram omitidos na letra da canção: azulão, bigodinho, canário-da-terra, cardeal, curió, pássaro-preto, chorão, joão-de-barro, sabiá, trinca-ferro, papa-capim, cambacica, curricutil. É uma ausência compreensível: na música, como em mim, não cabem todos os pássaros — sempre faltará às asas de um a singularidade do voo de outro.

Mas, por que, ao final da canção, o alerta para que os pássaros desconfiem dos homens? O canto dos pássaros não é um distrair-se? A leveza que os alça da terra não vem unicamente nos momentos de descuido?

---

## C. Um canto único

Os pássaros me arrastaram para outra recordação, outro canto, que, há alguns anos, causou-me poderosa comoção, única (e até agora irrepetível).

O patriarca de uma rica família da cidade faleceu, e a filha se empenhou em celebrar o funeral com uma missa de corpo presente em minha capela — aberta apenas na Semana Santa, quando ainda vivia o padre Luciano (ele está, há duas décadas, na perpétua 54).

Eximo-me de relatar a cerimônia, embora fosse uma novidade para quem só assiste a sepultamentos. Ressalto apenas que acompanhei a missa junto dos cachorros à soleira da capela, que, então, transbordava de gente.

Surpreendeu-me na missa não a aclamação, a oferenda, o abraço da paz (nessa hora, o pranto dos familiares se alastrou entre os desconhecidos), nem a homilia, na qual o padre exaltou a generosidade do morto, doador de vultosos óbolos à paróquia. Surpreendeu-me o canto final, quando uma soprano, paga pela filha do patriarca, entoou uma música linda, que produziu em mim, inesperadamente, um sentimento sublime de plenitude. Depois, por uma ponta de conversa entre duas senhoras, eu soube que se tratava da "Bachiana brasileira n.5".

Daquele dia em diante, sonho com essa canção — passaram-se anos, e nunca mais a ouvi. Aos poucos, vou esquecendo seus acordes. Mas a emoção segue comigo, invencível como a morte.

---

## CI. Sons

Não me estendi, senão de forma difusa, sem dar às sonoridades do mundo, em particular as oriundas, e possíveis de capturar, em meu interior e nas adjacências (que se propagam até mim, vencendo a barreira dos meios sólidos), o devido valor que elas têm, pelo poder de nos levar a sensações extremas, que vão da calmaria ao frenesi. Nessa escala, não descarto nem o delírio — adendo perigoso, convenhamos.

Minha audição é limitada, e limitada é também a variedade de sons que sou capaz de experimentar. Não é o caso de discorrer sobre a altura, a intensidade e o timbre das ondas sonoras, nem propor uma taxionomia dos ruídos, dos clamores, dos bulícios comuns às necrópoles. Tampouco me demorar em odes ao canto dos galos (abridores das manhãs), dos pássaros (atravessadores dos dias), dos grilos (alargadores das noites), ou inventar loas para saudar o rumor das árvores, dos ventos, das nascentes d'água. Insiro este excerto apenas com o intuito de recordar as balizas medidoras dos meus sentidos.

Assim, repito: limitada é a minha audição e, por ser recluso, limitada é a variedade de sons que chegam até mim! Ilimitada, só mesmo a explosão da vida — e o seu silêncio de morte.

---

## CII. Meu coração é a terra

Meu coração é a terra, e ela diz: eu formo, eu deformo e eu transformo, embora em muitas de minhas formas eu seja quase pedra, estéril e bruta; eu guardo o que tem vida e o feneço, para, depois, frutificá-lo; eu oferto a colheita próspera, mas cobro dela o suor que me irriga, não adianta ser água de córrego alheio, a rega há de ser com o líquido de quem me lavoura, eu sou perdida, prometida e abençoada; eu sou nova, mas, também, arcaica, e, então, peço que me rasguem com desejo, não são necessários enxadas nas mãos e arados arrastados por burros, tampouco maquinários modernos, eu só peço (e dou em dobro, se comparado à pena da semeadura) que haja desejo naqueles que me cortam em glebas, que me retalham em torrões e me pregam cercas; eu sou a terra que, para gerar um pé de trigo — pão para muitas bocas, bocas para a fome de incalculáveis palavras — sacrifico mil ramos de ervas daninhas; para gerar um pomar, eu exijo um jardim inteiro de plantas malignas; eu sou aquela que, para conceder o açúcar à cana, obriga, em troca, que o sal de muitas lágrimas me engrosse; eu dou a beleza e o esplendor às flores, mas, como paga, só aceito um milheiro de sementes vingativas; para a alegria de uma nova vida, eu quero (e eu tenho), como troco para o mundo — para quem estiver por perto —, um deserto imenso de tristezas; para um grão de mim, feliz e produtivo, eu quero (e tenho) um areal inteiro de dores; eu dou a doçura às frutas, mas quero o máximo de amargor como contrapartida; eu sou ciscos e pedriscos — e também riscos tortos no solo; eu, superfícies de hortas secas, canteiros esturricados, talhões em ruínas; eu, caminho de peregrinos e atalho de quixotes; eu, cuspida, pisoteada, macerada como erva; eu, até outro dia, parte esquecida da vida e, no dia seguinte, eu, para sempre, nos anais da família, como guardiã, manto e lençol de um filho assassinado; eu sou o motivo de todas as guerras; eu sou a terra das realizações e das mazelas; eu sou — e não porque queira, é minha natureza — terra vermelha, produtiva, massapé de prosperidade; eu sou o sangue em grânulos e o penedo inquebrantável — e, o mais justo, eu sou o coração desse campo santo! Celebro, pois, os meus mortos, são eles que me transformam (justo eu que os transformo) na dona de suas vidas extintas.

---

## CIII. A vida comum

Mas, enquanto suas vidas não se extinguem, os homens as vão tangendo, não importa se com resignação ou coragem — ambas vão desaguar na mesma foz, provisoriamente esquecida por eles para, então, suportar o espanto que, de tanto perturbá-los, vai se dissipando no sol bruto do cotidiano.

Vendo-os passar lá fora, ou quando atravessam meus portões, ponho-me a estudá-los. Admiro a sua vida comum. Fazem planos em silêncio e confissões em voz alta. Levam consigo a imensa distância da intimidade, o colar de mentiras infinitas, os sonhos em farelo. Levam medos imotivados, dores soterradas, palpitações crônicas. Sentados ou em pé, sustentam seu atlas pessoal, sua crença no mistério, todos os dias que viveram e todas as glórias não conquistadas. As noites insones, as guerras intestinas, os estiletes (que cortam o papel e a pele com igual eficiência), as enchentes do fracasso.

Admiro-os — pela sua humanidade comum. Observo como perpassam os dedos nos cabelos para se pentear, o modo como se copiam, limpando a boca na manga da camisa, a mão sobre o nariz para avistar mais longe, o modo como disfarçam um flato. Observo o modo como ocultam, nos mais simples gestos, o desespero.

Admiro-os por embarcarem na nau que os pais lhes deram, e que, por mais mares navegados, sabem que lá adiante só o naufrágio os aguarda. Inertes ou caminhando, carregam invernos atípicos, malas feitas às pressas, eventos indesejáveis, milhares de imagens que se dissolvem aos poucos a cada amanhecer. Carregam bolsas com objetos inúteis, bilhetes de amor, maços de cigarros — o peso incalculável do instante. E, ainda assim, pernas oscilantes, braços pensos e mãos vazias, parece que levitam.

---

## CIV. Um homem e seu legado

De meu pai, herdei:
umas camisas de manga comprida,
o gosto pelas utopias,
a voz de barítono,
uma tendência para os presságios
(sob o sol pleno da manhã,
percebo o temporal da tarde),
os dentes débeis,
a velha Kombi
estacionada
(na memória).
De minha mãe, herdei:
os lábios finos,
os cílios longos,
uma bandeja de prata
(que era da avó),
a medalha de ouro
(de sua santa predileta),
o prolapso da válvula mitral
e, às vezes,
esse jeito verde
de olhar.
A menina Maria, que vem vindo,
o que herdará de mim?
Da mãe, certamente,
a delicadeza dos gestos,
a maneira humilde

de dispor sob o copo d'água
servido às visitas
a toalhinha de crochê.
Mas, de mim, o que herdará?
Talvez
o que jamais se deu
na história da família
(os cabelos
crespos,
sobre todas as cabeças,
de repente
lisos).
Ou, talvez,
a habilidade,
antes que eu parta,
de desarmar
a minha descrença.

---

## CV. Troca de posições

Naquela tarde de sol férvido, os dois meninos chegaram suados e, vendo meu portão central aberto, entraram de bicicleta, sem cerimônia, e seguiram pela alameda até que, numa esquina, deram com o mausoléu alto e robusto da família Campos e atrás dele pararam. Calculei que haviam decidido vir a mim tanto por acaso, enquanto passeavam a esmo pelo bairro, quanto por premeditação. Mas, fosse como fosse, percebi que procuravam por um lugar no qual não fossem vistos na atividade que, de imediato, iniciaram: o mais magro se deitou de bruços no chão e abaixou os shorts — as nádegas morenas e magras ganharam brilho com o jorro do sol —, e o outro, tirando o pequeno membro pela abertura da bermuda, se pôs sobre ele, buscando o encaixe. Conduta consciente ou não, em respeito aos mortos, ambos se mantiveram em silêncio, só os corpos se moviam, desajeitados, o que me pareceu ser a primeira vez deles. E era só uma parte da iniciação: em seguida, as posições se inverteram, o menino de cima se desnudou parcialmente e se colocou embaixo — as nádegas carnudas e alvas —, e o magro se estirou em suas espáduas, foi mais hábil em achar a abertura, e passou a imitar o ritmo sôfrego de seu companheiro no ato anterior. Depois, levantaram-se, bateram a poeira das roupas, subiram em suas bicicletas e foram embora, deixando a mim e ao sol ali, quietos na prática de nossa existência.

Argumentei comigo que, se retirasse a significação erótica daquela troca, poderia aplicá-la, pelo que presenciei nestes meus anos, à conduta humana em acepção mais ampla. Pais ora arremetem os filhos nos ombros, ora a mudança se efetiva e os filhos os levam nas costas. O mesmo vale para irmãos e irmãs, crianças e velhos, maridos e esposas: ora aqueles se amparam no dorso destes, ora estes vão agarrados no lombo daqueles. São cargas num dia, carregados noutro. A troca de posições é inevitável, faça sol ou não.

## CVI. Sequência

E comum é o jeito como os homens alternam as palavras quando se falam, enfiando silêncio no meio das sílabas.

Ou como a enunciação de uma palavra chama outra e outra, e, assim, em conversa, eles vão matando o tempo, e, simultaneamente, o tempo se aviva para enterrá-los.

Palavra-puxa-palavra.

Venho me valendo dessa técnica nos registros que aqui faço — para mim e para a virtualidade do mundo. Suspeito que a linguagem se estrutura como cópia da morte, nada mais óbvio que a morte de um homem arrastar outra, de alguém próximo ou distante.

Enumero umas ocorrências: um senhor morreu no domingo passado; hoje, domingo também, foi seu irmão quem veio me habitar. Um velho se mudou para cá na sexta-feira; sua mulher, no sábado. A empresária morreu em 29 de fevereiro, a sua secretária, em 1º de março. O padre Luciano, num Sábado de Aleluia; o sacristão, no Domingo de Páscoa. O noivo, em 12 de junho, Dia dos Namorados; a noiva, em 13 de junho, Dia de Santo Antônio, o casamenteiro.

E houve o caso de duas irmãs no mesmo dia — uma pela manhã; outra, à tarde. Três meninos (passageiros de um ônibus que capotou), primos de primeiro grau, em três dias seguidos — segunda, terça e quarta-feira. A moça num dia, e, na manhã seguinte, a sua mãe — levando alguém a recordar um precedente famoso em Hollywood e a insinuar que a morte era pouco original, só vivia de se repetir.

Enfim, venho explorando a técnica de palavra-puxa-palavra, à disposição, aliás, de todo o mundo. Já a morte, nunca se sabe se vem sozinha, ou se puxa outras, e qual a sequência. É este, eu creio, o claro enigma de sua linguagem.

## CVIII. Rosa dos ventos

Não comentei um detalhe de minha capela que durante anos me enterneceu, especialmente nos dias atravessados pelas brisas do sul: a rosa dos ventos no telhado.

Distraía-me vendo-a registrar a direção das aragens, sempre mutável, ainda que o ponteiro permanecesse fixo por muito tempo. Eis que, de súbito, movia-se, parava, voltava se mover e, então, quando o vento era forte, girava enlouquecidamente.

Nessas ocasiões, rondava-me a ideia da finitude. Pensava nas pessoas que vêm até mim pelos seus mortos. A vida delas, como o ponteiro da rosa dos ventos, girava, girava. Às vezes, se imobilizava, para, depois, retomar um novo ciclo. Mas uma hora o vento haveria de abandoná-las — então para cá se mudariam. E poderiam ver, de perto, sobre a minha capela, a rosa dos ventos se movimentar, indiferente.

Num *Corpus Christi*, flagrei a queixa de uma senhora que viera trazer flores aos parentes. Sussurrava ela algo como: *A cada ano, ando mais neste cemitério, os mortos só aumentam no meu caminho*. Meses depois, os filhos e netos a sepultaram, se não me engano, na perpétua 130.

Com os anos, a rosa dos ventos foi se enferrujando. Em certas noites, a brisa, movendo o ponteiro, produzia um rangido seco. Seria um lamento? O seu próprio presságio?

Semanas atrás, uma tempestade a arrancou do telhado e a atirou longe, no meio do canavial. Saulo não a substituiu — talvez nem tenha percebido o seu sumiço. Mas a perda me lacerou. Apesar de vagaroso, o tempo também me move como o vento. Em que exato momento seu sopro cessará?

---

## CVIII. O sermão

O dia hoje se move com dolorosa lentidão. Decidi queimar uma hora, como a vela que uma senhora acendeu há pouco no túmulo da neta, recordando-me a homilia do padre na missa de corpo presente a que me referi. Ignoro se os poros de minha memória, cada dia mais lassos, conseguem reter, pelo filtro das reminiscências, alguma parte eloquente do sermão. Tentarei refazê-lo com fidelidade, não obstante seja próprio do Verbo completar os interstícios da verdade com uns fiapos de imaginação:

"Feliz este nosso irmão que morreu nos braços do Senhor; ele ganhará a vida eterna na casa do Pai, onde encontrará seus entes queridos e provará da misericórdia divina.

Feliz este nosso irmão chamado para a graça infinita de Deus; bendita seja a sua morte, libertação do corpo e prêmio por sua resistência às tentações da carne e do espírito.

Feliz este nosso irmão, que viverá na casa do Senhor, onde não há tristezas, doenças e dores, onde a linguagem do sofrimento não existe.

Feliz este nosso irmão, que, ao chegar ao céu, falará a língua dos anjos, cujas palavras não produzem feridas e cujos silêncios são cantos de louvor à justiça do Pai.

Feliz este nosso irmão, que nunca mais sentirá fome e sede; o Senhor provedor o nutrirá pelos séculos dos séculos.

Feliz este nosso irmão, que tem o amor absoluto do Pai, o amor que não se alegra com o mal dos outros, o amor que acende o sol da verdade no coração, o amor paciente e bondoso do Senhor.

Este nosso irmão, Antônio Vidigal, generoso e fiel à doutrina cristã, serviu aos seus semelhantes e à nossa cidade, e agora seguirá pelos caminhos do Éden, onde não há abismos, onde a fraternidade impera e nenhuma criatura envelhece.

Feliz este nosso irmão, que será agasalhado com o manto da piedade, pois se livrou do peso da cruz humana e da ilusão que é a vida terrena.

Feliz este nosso irmão, Antônio Vidigal, que encomendo a Deus onipotente e todo-poderoso, para que volte ao reino Daquele que o criou com o pó da terra.

Que Cristo, Filho Unigênito, receba-o com o Pai entre os eleitos, absolva-o de seus pecados e permita que corra alegremente nos campos do Senhor.

Que o Deus Supremo o liberte de todas as atribulações, e que receba a sua alma como uma ovelha do rebanho.

Rezemos por ele ao nosso senhor Jesus Cristo, que disse: 'Eu sou a ressurreição e a vida: quem crê em Mim, ainda que morra, viverá; e todo aquele que vive e crê em Mim nunca morrerá.'

Que este nosso irmão se encontre face a face com o Criador; que os olhos deste nosso irmão, definitivamente cerrados para o mundo de penas, abram-se para os esplendores da luz perene.

Que este nosso irmão, conduzido pelo Pai, pouse agora nos prados e nas colinas verdejantes do paraíso celestial."

Pois é, paraíso celestial. A expressão me impele a pensar: se fosse um sítio perfeito, eu poderia ouvir lá a "Bachiana brasileira n.5" a qualquer hora que desejasse.

Ou, por que não o tempo todo?

Melhor seria ouvi-la de supetão, quando eu menos esperasse — como o ponteiro da rosa dos ventos, a ignorar o instante em que a brisa vem movê-lo ou deixá-lo inerte.

---

## CIX. Uma alma penada

Eu, que poderia vagar pelo éter, ou pelo lugar preferido dos espíritos, a casa onde passaram a vida terrenal, e onde seu cascarrão se cimentou, tornei-me um recluso entre os muros deste cemitério. Dizem que sou uma entidade sobrenatural incapaz de se desapegar do universo físico por ter deixado na Terra algum compromisso pendente (sequer sei qual é); dizem que posso me transfigurar em voz, vulto, espectro, até animal (mas jamais senti que assim me notam, jamais me notam); dizem que sou uma alma arredia aos desígnios divinos e, por isso, devo penar por um tempo marcado no relógio espiritual, só escaparei dessa condição — entre dois mundos — quando as invocações, as preces e as novenas que imploro (eu?) aos meus familiares (que nunca dão pela minha presença) fizerem efeito.

Um médium sensitivo, uma vidente, uma mãe de santo, só eles afirmam me ver, e dizem que sou velho, visto uma calça social azul-marinho, uma impecável camisa branca e calço sapatos pretos; dizem que permaneço nesse indefinível plano porque não fui batizado na igreja, ou porque "vivo" (perdoe-lhes o verbo) a errar neste cemitério, pois meus sentidos estão embotados e não entendo que morri.

Dizem que não quero, de propósito, abandonar a matéria densa, não quero desencarnar, não quero fazer a grande viagem, não quero me tratar no hospital das almas, não quero seguir a evolução dos espíritos.

Dizem que, em vida, só me dediquei a mim, aos prazeres e aos deleites de meu ego; vivo, fui um malfeitor, e morto, sou um obsessor; dizem que minha família na Terra chora minha ausência, enquanto nas altas esferas, seres queridos me aguardam, apreensivos, para que eu continue a cumprir meu programa reencarnatório, quando, ao contrário, deveriam estar alegres para me receber em seus braços de luz.

Dizem, dizem, dizem...

Acho que teriam razão, se eu não fosse, como desconfio que sou, uma criatura imaginária, produto do medo e da solidão, rebento e esperança de homens perturbados.

---

## CX. Enterrado vivo

Às vezes, pessoas que acompanham os cortejos comentam, com pavor, casos de enterrados vivos. Vítimas de uma doença chamada catalepsia, ficavam rígidos, como estátuas, e, sem pulso, sinais de respiração e ritmo cardíaco, eram dados como mortos. Mas — é o que se conta —, um dia, despertavam dentro do ataúde, onde, compreendendo o seu estado, viravam-se e se reviraram, lutando barbaramente para sair da campa. Horrível deve ser morrer dessa forma; mas a consciência se apaga com a morte, não há memória alguma da agonia, de outras dores (menores), nem de alegrias maiores. Morrer é matar em si o mundo inteiro.

Bem, eu nunca tive um enterrado vivo, o que me impede de dar qualquer testemunho a respeito. Mas tenho meu ponto de vista: não existem enterrados vivos; são lendas dos tempos em que a morte era anunciada quando o coração parava de bater — hoje, sabe-se, ela é atestada só no instante em que a atividade cerebral cessa.

De qualquer forma, tenho visto homens com ambos, coração e cérebro, em funcionamento, mas já mortos. Passam por aqui, para se despedir de parentes, e depois voltam à sua vida diária, reformam a casa, compram carro novo, geram filhos (comprovo lhes o crescimento nas visitas anuais de Finados), mas estão mortos, mortos. Quando vêm finalmente me povoar, encontram a campa aquecida, há anos já dormiam nela.

---

## CXI. Desterrados

Dizem, noutra mão, que há mortos desterrados, a vagar com liberdade entre o plano físico e o mundo dos espíritos.

Não são almas penadas, nem assombram os vivos — estes é que se assombram com eles, quando dão por sua presença. Indiferentes à existência humana, que concebem apenas como a instância de seu passado, os desterrados rejeitam, igualmente, o estágio seguinte a eles reservado na dimensão do imaterial, um futuro que parece lhes dar ojeriza. Assim, continuam no exílio, a inexistir (ou existir) plenamente nos dois domínios, sem pertencer a nenhum. O éter é a sua pátria.

Vejo-os como peregrinos infatigáveis a caminhar pelos nadifúndios da eternidade, em busca de uma Canaã que jamais encontrarão. Causa-me simpatia a sua andança infinita — talvez porque eu seja uma criatura da terra, da qual só posso me desprender por esses devaneios narrativos.

Talvez sejam como os degredados de cá. Não os banidos de sua residência ou país por um poder externo, mas os que se expulsaram de si por não se suportarem. Que homem não anseia, por um instante que seja, sem perder a sua experiência, viver no molde de outro?

## CXII. Vida intermediária

Que homem não sonha, por um instante que seja, quando não se suporta mais, experimentar uma nova vida?

Uma nova vida não é uma vida virgem, a começar de repente, do nada; uma nova vida advém de uma velha — não há como eliminar, sob a pele do presente, o osso do passado.

Não faz tempo, assisti a uma cena que me comoveu, exatamente pela presença de uma nova vida, embora esta tenha vindo aqui por conta de outra vida, terminada.

Eram cinco da tarde quando o cortejo chegou e o pequeno núcleo de parentes e amigos se deslocou até a perpétua 73. O grupo circundou o caixão que foi aberto, dentro do qual, ladeada por flores brancas, jazia uma senhora com menos de 70 anos, abaixo, portanto, da média de idade dos que se transferem para cá.

Duas mulheres comandaram o réquiem e a oração de despedida. Depois, uma delas, a voz maviosa, emitiu umas palavras para confortar a família, e quando se valia de outras, para reverenciar a bondade da falecida, ouviu-se um choro de bebê.

Próxima ao caixão, uma moça segurava no colo uma recém-nascida. Pode-se argumentar que cemitério não é lugar de criança (embora eu tenha os meus pequenos moradores). A moça, num gesto duplo, enxugou as lágrimas e tirou um dos seios do vestido, oferecendo-o à criança para acalmá-la — a vida, seja nova ou não, com seu desconforto! Dobrei a atenção e soletrei a página que ali então se escrevia: a moça, uma existência intermediária, trazia a filha de poucas semanas nos braços e, com os mesmos braços, dava adeus à própria mãe. Era uma nova sequência, com mistura de naipes: não uma morte puxando outra, mas uma vida que gerou outra, e esta, por sua vez, gerou outra (infelizmente) no tempo em que a primeira se findava.

A recém-nascida adormeceu. A morta desceu à terra no caixão. A moça, a vida do meio — em lágrimas, depois de amamentar —, ficou em meus olhos como um detrito. Desejei consolá-la pela morte da mãe e saudar a nova vida que ela trazia ao mundo. Mas não produzi ação alguma — não tenho tal poder —, só umas palavras (estas!) se ordenaram em minha mente. Foi o meu único (e possível) ato diante daquela nova vida.

# LIVRO II

## A vida daqui em diante

## I. A biblioteca

Como não posso ter uma nova vida, estou ganhando uma vida nova. Sua existência frágil já pulsa no ventre do futuro, de onde vai se abrir, aos poucos, para a claridade concreta do presente.

Essa vida nova me veio com a proposta de um jovem vereador da cidade, adepto da política do "pão e circo", a qual atualizou para a prática da "cultura e entretenimento". Ao saber que Saulo se mudara da casa pegada a mim e que crianças e adolescentes da Vila Cláudia viviam nas ruas de terra batida, sem ocupação para o espírito, juntou os dois vazios e sugeriu que o imóvel passasse a abrigar uma biblioteca — onde os jovens teriam acesso a livros e atividades criativas.

O prefeito viu no projeto um trunfo para a sua atual gestão e um incremento em votos para a sua próxima candidatura; encampou a iniciativa, provisionou recursos para viabilizá-la e passou a me ver com outros olhos (cobiçosos, é verdade).

Sem delongas, as obras de reforma se iniciaram na antiga casa do coveiro; caixas de livros, enciclopédias e computadores foram empilhados na sala e nos quartos; em poucas semanas, a biblioteca seria aberta à população — e, claro, estava prevista uma inauguração com as autoridades locais e lideranças da região.

Elogios ao projeto se acumularam entre os moradores. Mas houve críticas veladas: umas apontavam para o seu teor macabro; outras, para o fato de que o movimento do público perturbaria os mortos e estimularia saques. Zombarias correram pela cidade, do tipo "com essa obra, o prefeito está cavando a própria sepultura", ou "os únicos leitores que vão frequentar a Caveirinha (apelido dado à biblioteca) serão os defuntos".

A ressalva principal, no entanto, era a falta de originalidade da proposta: no bairro de Parelheiros, em São Paulo, já havia uma biblioteca comunitária anexa ao cemitério. Talvez o jovem vereador, que andara visitando parentes na capital, tivesse trazido a ideia de lá.

Não vejo demérito na cópia. Os homens, para gerar uma nova vida, não fazem cópia de si, ainda que essa contenha diferenças em relação ao original?

Se não posso ter uma nova vida, dou-me satisfeito por ganhar, de súbito, uma vida nova. A biblioteca deve trazer alguma agitação aos meus dias. Não é isso que se espera de uma mudança?

## II. Latim

Enquanto a vida nova vai se delineando — as obras na biblioteca seguem aceleradas —, compartilho umas frases em meus túmulos escritas em latim, língua da qual sequer sei rudimentos:

*Pater mi si possibile est.*

*Transeat a me calix iste.*

*Exemplum dedi vobis.*

*Sit tibi terra levis.*

*Amor vincit omnia.*

*Hodie mihi, cras tibi.*

*Vanitas vanitatum et omnia vanitas.*

*Beati pauperes spiritu.*

*Carpent tua poma nepotes.*

*Deus meumque jus.*

Frase longa, encontrei apenas uma:

*Non contristamur sicut et ceteri qui spem non habet; sienim credimus quod Jesus mortuus est et ressurrexit ita et deus eos qui dormierunt per Jesum doucet cum eo.*

Não sei o significado dessas inscrições, mas tento traduzir uma ou outra palavra:

*Semper Fidelis* (sempre fiel).

*In Memoriam* (na memória).

*Nati morto* (nascido morto).

*Pax* (paz).

São quase todas de décadas passadas, quando eu era um jovem cemitério; com os anos, foram diminuindo, o que, de certa forma, é uma contradição: o lugar ideal para uma língua morta se espraiar à vontade, resistindo à teimosia da vida, não é a cidade dos mortos?

Sou uma cidade-cópia da cidade dos vivos: casebres e mais casebres junto a mansões, palacetes em meio a puxadinhos, mausoléus cercados de covas rasas. Assim vai minha vida, a antiga e a nova. No meio delas, coisas que nunca entendi, como essas inscrições em latim. A ignorância tem lá as suas vantagens.

---

## III. Coro dos três soldados

... eu, soldado Bruno, eu, soldado Raul, e ele, cabo Valêncio, estávamos em ronda de rotina naquela noite, nós três na viatura policial, eu no volante, Bruno nosso motorista, Raul no banco do carona, vidro escuro e blindado semiaberto, eu, cabo, no banco de trás, o Valêncio lá, oculto, como se na viatura estivéssemos só eu e o Bruno, era nossa tática nas patrulhas da madrugada, e Raul, para enfrentar alguma tocaia, o que nunca aconteceu nessa cidade de gente mansa, mas, Valêncio, polícia nunca pode vacilar, uma distração e já era, e nem foi o nosso caso, Bruno, é, não foi, Raul, não, foi um ato covarde, Valêncio, e inesperado, quem imaginava que o forasteiro no Bar do Alfredo estava no seu dia de desgoverno, e nós no caminho de seus tiros? Bruno, eu zombava do Raul, dos tempos em que eu tinha sido guarda-noturno, e, Valêncio, soprando aquele apito, eu, nas ruas escuras, sempre a pegar casais transando dentro do carro, mas eu fingia vista cega, e Valêncio, será?, e Bruno, fosse eu, batia no vidro, perguntava, posso participar?, e Valêncio, e eu, cabe mais um aí na brincadeira?, e, Valêncio, e você nem poderia prender ninguém, e Raul, naquela época eu sabia de todos os casais escusos da cidade, e não dava, não dava mesmo nem pra enquadrar como atentado ao pudor, cadê viva alma ali?, não havia ninguém vendo pelas frestas das casas, só os postes, todo mundo dormindo debaixo das cobertas, as beatas no sétimo sono, e aí nós rimos, Valêncio exagerou na gargalhada, e, se bobear, eram filhas das beatas aprendendo contorcionismo, e eu ri, e Bruno, falando em viva alma, e aquelas rondas lá pelos lados do cemitério, Raul?, e eu, dava medo?, e Raul, qual é, Valêncio?, e Bruno, tinha que entrar lá?, e eu, não, eu só circulava os muros pelo lado de fora, e eu, Raul, você não prendeu nenhum meliante nas imediações?, e ele, não, nenhum defunto, e nós rimos novamente, e aí a central chamou, princípio de tumulto no Bar do Alfredo, pra gente se deslocar, fazer no ato a diligência, e Bruno, e aí deu no que deu, e Raul, eu nunca vou me conformar, e Valêncio, nem eu. E se tem uma coisa que não queremos recordar é de como se deu precisamente a nossa morte, os pormenores todos, cena por cena, nem sabemos direito o que ocorreu, alguém terá de nos explicar (e às nossas famílias) por que o forasteiro abriu fogo contra nós, ele estava drogado?, não queremos reviver o nosso morrer, porque o mesmo se passou com os três quando os tiros nos acertaram, Bruno, eu fui o primeiro, e Raul, eu o segundo, e Valêncio, sempre atrás, eu o último, saímos da viatura e nem sequer tivemos tempo de abrir a boca, eu morri com as palavras que ia dizer, "O que está acontecendo aqui?", nós experimentamos a mesma coisa, os três, quando, caídos na calçada à porta do bar, sentimos que a nossa vida se extinguia: nós só pensamos nas pessoas que nos perderiam, aquelas que também estávamos perdendo para sempre; Bruno, eu pensei em minha mulher grávida, no menino que ela ia dar à luz, no Theo, que eu esperava logo pegar no colo, eu pensei em seu rosto, cujos contornos eu havia visto dias antes na imagem do ultrassom, e Raul, eu pensei em minha mãe, já idosa, ela sempre me dizia, cuidado, filho, eu nunca durmo quando você faz a ronda da noite, como se eu corresse perigo apenas na ausência do sol, eu pensei que, dali em diante, a mãe dormiria todas as noites, ela se livraria finalmente desse medo, eu não imaginava que, além de não dormir mais, dali em diante, ela choraria a cada noite ao se deitar e se lembrar de mim, e Valêncio, eu, o mais velho na corporação, com dois filhos já criados, a Renata e o Zeca, e minha mulher, Luciana, que era para mim a única mulher do mundo, eu pensava na tristeza da Renata, que estava de casamento marcado, eu pensava no Zeca, que teria de me substituir e acompanhá-la até o altar, eu pensava na Luciana, no bálsamo que era seu sorriso, quando meus olhos estavam exaustos das imagens brutas do dia, eu pensava na quentura de suas mãos quando tocavam as minhas, habituadas ao frio do revólver, e agora nós três aqui, presos ao círculo dessa algema, eu, soldado Bruno, eu, soldado Raul, e ele, cabo Valêncio...

## IV. Outros números

A transformação da casa do coveiro em biblioteca pública, em ritmo de *allegro*, começou a se impor na paisagem, atraindo os curiosos. A quantidade de populares que passava por mim, persignando-se a passo acelerado e evitando me olhar — e que, agora, detém-se para conferir o estado das obras —, aumentou sobremaneira, a ponto de me abalar o sossego, mas não a paciência.

Os panegíricos à ideia do jovem vereador, e a ousadia do prefeito em encampá-la, continuam brotando à boca pequena (e à grande), na mesma medida das opiniões desfavoráveis.

Como não posso coibir esse novo e (animado) fluxo de pessoas, pulei do passatempo de interpretar as inscrições latinas para outro afazer, distante da instabilidade das palavras, colado, sim, à exatidão dos números.

Lembrei o presságio, para não dizer da certeza, que tive, observando a veia do pescoço do pai de Saulo, que o tempo dele se exauria, e me convenci de que poderia — era só me concentrar como daquela vez — capturar em qualquer pessoa a porção dos anos que lhe restavam.

Não seria, como no capítulo com números, averiguar a idade de morte de alguém, mas prever seu tempo de permanência neste mundo — e prever, inegavelmente, é tarefa superior à mera conferência de um cálculo. Ou seja: não um exercício de aprendiz de oráculo, mas a práxis de um conhecimento ancestral, capaz de detectar noutro ser o seu élan, a sua força (mensurável por esse saber sensitivo) de resistir à silenciosa ação do tempo, que, para tudo transformar, lento ou velozmente, espalha primores e ruínas pelo caminho.

Lancei-me, resoluto, a essa distração; e se, no começo, pratiquei-a com indiferença, não tardou para que passasse a exercê-la sob o jugo da tristeza e da compaixão.

A fim de amenizar o meu desconsolo, passei para dias à medida que, antes, eu havia adotado em anos (25, 4, 31, 16, 12, 6, 9, 21, 18, 3, 19, 54, 9, 9, 7, 11, 2, 15, 23, 2, 8, 19, 3, 42, 4, 14, 17). Assim, o número de anos se tornou, em dias, um limite mais largo de vida para as pessoas que vi ao longo da semana: 9.100 dias (o assistente do pedreiro), 1.456 dias (o pedreiro), 11.284 dias (o filho do pedreiro que veio lhe trazer a marmita do almoço), 5.824 dias (o engenheiro responsável pela reforma), 4.368 dias (o secretário de obras da cidade), 2.184 dias (o prefeito), 3.276 dias (um filhote de cão que andou a farejar a caçamba de entulho), 7.644 dias (Saulo), 6.552 dias (a mulher de Saulo), 1.092 dias (um velho bêbado), 6.916 dias (a moça que trouxe flores para a mãe, na perpétua 37), 19.656 dias (a recém-nascida que chorou no colo da mãe, no sepultamento da avó), 3.276 dias (a mãe do soldado Raul), 3.276 dias (um homem que entrou a cavalo em meu passeio central), 2.548 dias (o seu cavalo), 4.004 dias (o padre que rezou aquela missa de corpo presente), 728 dias (o avô do soldado Bruno), 5.460 dias (o pai de Maria Eduarda, minha caçula), 8.372 dias (a filha do Urso), 728 dias (a viúva do senhor enterrado na perpétua 104), 2.912 dias (o sogro de Renata, filha do cabo Valêncio), 6.916 dias (a senhora que orava ontem no túmulo de Angelim), 1.092 dias (uma das mulheres que faz amarrações), 15.288 dias (Beatriz, a moça que enterrou o pai, João, na perpétua 45), 1.456 dias (o pai do jovem vereador), 5.096 dias (o corretor de seguro), 6.188 (Anabel).

Minhas previsões se restringem, evidentemente, à quantidade de dias — e não a tudo (ou a nada) que é possível viver em cada minuto deles. Cabe aos homens preencherem esses dias a seu modo, desfrutá-los ou desperdiçá-los. Nessa ação, creio, é que reside o deleite e a dor de viver.

---

## V. Os deleites e as dores

E eu? Eu também vivo a preencher os meus dias, em meio aos deleites e às dores. Divido, atualmente, minhas horas em duas partes: uma, para vigiar as obras da biblioteca e monitorar a afluência de visitantes que ela vem provocando, responsáveis pela minha vida nova; outra, eu me volto para mim, revendo o que fui e o que ainda sou. Dou atenção às minhas ruazinhas lá do fundo, sempre ermas; passeio pelas aleias, confiro trechos do chão craquelados onde eclodem tufos de mato, contemplo as lajes e as esculturas de meus túmulos, procuro estender, dentro do possível, as horas do meu bem-estar.

Redescobri, assim, algumas de minhas (esquecidas) preferências, as quais me diferem de outros cemitérios. Eis algumas: eu prefiro o barro ao mármore, a chita à seda, o denso ao ralo, o barbante ao arame, o papel ao aço, o lodo à ferrugem, o látex ao látego, a verve (efêmera) ao verme (eterno), a flor ao ferro, a fábula à farsa, o durante ao durável, o então ao portanto, o selo à estampa, a teia à tela, os Silvas aos Junqueiras, o proto ao pré, o secreto ao só, o broto à deflora, o sussurro ao sarro, as unhas à faca, a faca à metralha, a palha à pedra, a pele lacerada à roupa de espantalho... E paro por aqui esta minha cartografia de predileções.

A reforma na casa do coveiro terminou, e o dia de abertura da biblioteca chegará com a presença barulhenta da banda municipal da cidade, conhecida como a "furiosa" — deleite para as crianças da Vila Cláudia e dor de cabeça para os meus mortos.

## VI. A inauguração

A cerimônia de inauguração foi marcada para as 10h da manhã, mas às 9h, antes de o coveiro chegar para o expediente, quando o sol ainda secava a película de orvalho dos jazigos, notei veículos estacionando à minha frente e na rua lateral junto à biblioteca. A nova construção preservou traços da antiga casa, mas a fachada se modernizou com janelas e portas largas, voltadas para o canavial.

Não me interessei pelos preparativos do rito, queria participar como convidado, que naturalmente eu era, só no auge do evento. Tinha uns afazeres que consumiam as horas do meu dia, revezando-as entre as demandas do presente e as esmolas que a memória me estendia do passado.

Andei inquieto com o suicida enterrado dias atrás na perpétua 132, pegada ao túmulo de Angelim. Um parente dele (o moço se enforcara com um cinto) dissera, durante o sepultamento, que "não havia céu para os suicidas". Em mim, ao contrário, há espaço para acolher qualquer um, independentemente de se sua morte é ou não pelas próprias mãos.

Lembrei-me das três irmãs mortas com veneno de rato, todas na perpétua 62. Resolvi ir lá me notificar de se havia anormalidade ao redor do túmulo, mas não percebi sinal algum, digamos, do espírito daquela que, além de assassinar as outras, suicidara-se. Se não havia céu para ela (e para as irmãs?), o que lhe restava: penar eternamente pelo inferno? Acomodar-se ao nada?

O tema me provocava dúvidas, suspeitas, desconfianças. Mas tive de abandoná-lo, o alarido da biblioteca me arrastou até a sua porta, onde o prefeito começava a discursar, ladeado pelo jovem vereador. À frente deles, aglomerava-se a gente humilde da Vila Cláudia com os filhos, principais beneficiários da novidade. Estes já demonstravam impaciência com as ladainhas da cerimônia, mas se alegraram quando, ao fim das falas oficiais, a "furiosa" estrondou seu primeiro número musical. Tantos sorrisos se abriram nos rostos (neles só vejo a marca dos pesares) que fiquei enternecido.

Pela primeira vez, senti uma atmosfera festiva, e acho até que as músicas, tocadas em tom altissonante pela "furiosa", trouxeram satisfação aos meus mortos (incluindo os suicidas). Dor seria impedi-los desse deleite.

---

## VII. Um mês cheio

Apesar de empolgado e receoso pela volumosa afluência de pessoas esperadas com a inauguração da biblioteca — o que, de fato, nas primeiras semanas, ocorreu, antes de se estabilizar como se dá com o novo —, só pude desfrutar as alterações que trouxe para meu cotidiano no segundo mês de seu funcionamento.

No dia seguinte à abertura, ainda com os ecos da "furiosa" nos ouvidos, vi iniciar-se — pelas mãos do acaso, que, então, se valeu da técnica de puxar uma morte atrás da outra — um longo período de falecimentos na cidade. Dia sim, dia não, alguém morreu e foi acomodado em meus sepulcros, resultando em intenso trabalho para Saulo.

Quantidade de sepultamentos sucessivos similar a essa só me lembro de ter acolhido décadas atrás, quando houve um acidente entre dois caminhões carregando cortadores de cana; eu era um jovem cemitério e me onerou receber, durante duas semanas, os mortos daquele acidente, uns devido ao choque entre os veículos, outros vitimados pelas próprias foices, deslocadas com o impacto.

Alguém comentou que o Criador, sufocado pelas infindáveis tarefas divinas, havia se esquecido de dar baixa nos moradores de Cravinhos e, percebendo o atraso, resolveu colocar ordem de uma só vez na programação. Não faltou aqui e ali troças dos detratores do prefeito e do jovem vereador, que associavam o ciclo de mortes à inauguração da Caveirinha. Diziam: "Quem mandou mexer com os defuntos?"; "Foram perturbar os espíritos, agora eles querem companhia!"

Entre um enterro e outro, eu espreitava a distância o entra e sai dos jovens na biblioteca: faziam *selfies* com o celular, enquanto uma velha professora, no cargo provisório de bibliotecária, atendia-os pacientemente. Uma tarde, avistei-a fechando as portas e, à medida que se afastava, em passo vagaroso, avaliei o seu tônus: captei o quanto ela gostava de viver e o quanto se sentia afortunada com o novo trabalho (estava prestes a se aposentar); captei a satisfação que a iluminava, antes submergida na sua viuvez (o marido, na perpétua 67); pensei em lhe dar 700 dias, mas, em seu corpo, o fluido vital não iria a tanto. Seiscentos e vinte dias, ou melhor, 22.320 horas, era, nas minhas contas, o que lhe cabia viver.

---

## VIII. Para dentro de mim

À medida que assistia a um sepultamento atrás do outro, saí da posição de espectador, à qual me habituei, para mergulhar em mim e compreender a dimensão daquelas perdas.

Depois de presenciar tantas exéquias, senti que aquelas mortes seguidas se não superavam outras na escala de sofrimento — como fazer tal medição? —, haviam me trazido um conhecimento novo, um saber ao qual eu não me atinha, mesmo se umbilicalmente atado à minha origem.

Não foi, portanto, o indizível sentimento de desolação, abandono e perplexidade experienciado por quem, naquele mês, veio enterrar seus mortos, o agente desse meu aprendizado, mas os seus extensivos efeitos; no momento, assoladores, e, depois, determinantes da vida futura de cada um ali, órfãos (para sempre) do passado. O passado, país onde seus mortos continuariam vivos, único lugar onde poderiam ver o sorriso do pai, os dedos afilados da mãe, os braços do irmão, a boca lúbrica da mulher, os olhos de fogo do marido — o passado, que, entendi, andava me arrastando para descascar recordações pelo mesmo motivo: nele estava a vida, em sua progressão imperceptível, a vida que, uma vez cumprida, ainda poderia ser vivificada se nos lembrássemos do tempo em que era apenas vida, no seu agora-agora.

O primeiro enterro foi de um menino de 12 anos, André, que jaz numa sepultura rasa de minha nova ala. Meia dúzia de conhecidos acompanhou o cortejo, além de dois cachorros, Deco e Lico, que eu nunca vira pelas redondezas — pertenciam ao menino morto. Reparei no irmão de André, garoto também, e pude detectar que a ferida, aberta em sua memória com aquela perda, sangraria pela vida afora. Os dois tinham ido nadar numa lagoa perto do sítio onde moravam — e lá, na água suja, o mais velho contraíra a moléstia que o abatera em poucos dias. O caçula era a dor em carne viva. Dei-lhe 16.380 dias, dos quais certamente não viverá um único sem sentir a falta do irmão.

Na tarde seguinte, sob uma chuva impetuosa, foi a vez de um motorista de ônibus. Viajava semanalmente para o

Sul do país, dirigindo a noite inteira por estradas serpenteantes, até que adormeceu ao volante. Um pequeno grupo de familiares e colegas da empresa veio para seu sepultamento (perpétua 83, ao lado da mangueira); a viúva, com apenas 36 anos, e o filho, de 8, abraçados, não disseram uma palavra, mas, se houvesse forma de gravar a voz que gritava dentro deles, essa atingiria o grau máximo de revolta ante a injustiça do mundo.

Dois dias depois — a chuva seguia em torrentes —, trouxeram-me, quando já anoitecia, uma senhora de 77 anos. A família atrasara o enterro, marcado para as 5h da tarde, a fim de esperar o neto, que vinha de São Paulo. Homem maduro, pude ler em seus gestos uma calma que não lhe era inata, e a atribuí à sua convivência com a avó; certamente fora ela quem lhe ensinara a escrita da remissão.

Em seguida, veio-me um casal de menos de 40 anos (ambos no jazigo 72). Tinham uma gleba de terra, onde moravam numa casinha à beira do rio — morreram afogados pela enchente, que engoliu seu roçado e seus animais de criação. Os filhos, Pedro e Antônio, garotos, tinham ido à escola rural e escaparam. Vi-os amparados por gente estranha, atônitos com o que lhes acontecera, sem equipamento para entender a proporção de seu infortúnio e, dali em diante, de sua incurável solidão.

Passados três dias, a morte de uma mulher, jovem, mas que, sabia-se, andava doente havia meses, fez mais uma criança órfã. A filha, aninhada pelo pai, o choro fatiado pelos soluços, prestou atenção minuciosa a cada etapa do sepultamento, como se estivesse aprendendo uma lição, que, se pudesse, dispensaria. Soube da morte da mãe na escola: quando, depois do intervalo, a chamaram à diretoria, e lá, vendo o pai, ela entendeu tudo...

Noutro dia, o mesmo roteiro, com alguma variação: o morto, um jovem pai, por volta dos 35 anos; infartou em casa enquanto lia o jornal pela manhã, depois de voltar de uma reunião na escola do filho. O menino foi quem o surpreendeu passando mal, quem correu para chamar a mãe e quem, então, no dia seguinte, estava em meu quadrado, sob a chuva fria, diplomando-se em assombro.

Noutra tarde, faleceu uma senhora, descendente distante dos pioneiros que decidiram se fixar nesta região. O marido e os dois filhos lamentavam a sua morte — com a sinceridade absoluta dos que amam, mas sem excesso — precisamente no momento em que haviam se mudado para a casa nova, sonho dela havia décadas.

Quatro dias depois, na perpétua 97, próxima à da eminente senhora (perpétua 99), Saulo enterrou um professor de educação física conhecido como Urso. Aposentado, ainda exercia seu ofício, treinando meninos e meninas em diversos esportes. Poucas vezes registrei um séquito tão comprido de pessoas que, não sendo parentes, revelavam um sentimento de apreço pelo morto, se não maior, igual ao daqueles.

Na sequência, um homem de menos de 40 anos morreu horas antes de rever as duas filhas, de quem (desde que se divorciara) havia se distanciado — um encontro tecido pelos familiares de ambos os lados e, sobretudo, desejado visceralmente por ele.

Um amigo deste homem veio para cá uma semana depois, abatido por um raio quando colhia feno. Deixou três filhos pequenos e a mulher sem bússola alguma para tanger a vida dali em diante.

E mais: um José Ignacio, conhecido como Zezo, um Pedro da Cruz, comerciante, fundador do asilo da cidade, uma Maria Cláudia, de 23 anos, uma Bia Monteiro, de 80 e poucos anos; foram quase vinte mortes em menos de trinta dias — e, em todos os enterros, notei o quanto a perda era avassaladora mais no porvir dos familiares do que naquela hora. A perda, eu antes não percebia, extirpara deles toda a esperança de terem um dia, de volta, a sua antiga existência.

## IX. Entre livros

Com a biblioteca em funcionamento, vencido o período inicial de intensas atividades em minhas terras, dei-me conta de que, por meio dos livros, os homens também evocam a continuação de seus vínculos, o laço apertado entre seu presente perdido (o passado) e seu futuro ganho (o presente).

Pelas janelas da biblioteca, pude observar os tomos organizados nas prateleiras, crianças lendo gibis sobre almofadas pelo chão, adolescentes diante de telas de computador, divertindo-se com jogos virtuais.

Turmas de jovens vinham consultar obras de referência para tarefas escolares. Às vezes, surgiam mulheres à cata de livros de gastronomia, garotos em busca de livros de aventura e clássicos de terror — muitos dos quais protagonizados por vampiros e zumbis —, em cujas tramas cemitérios tinham papel de destaque, ainda que, a meu ver, equivocado.

Em certa ocasião, um senhor pegou de empréstimo o romance *Memórias Póstumas de Brás Cubas* e, ansioso para conhecer a história, atravessou meu portão lateral, sentou-se no banco sob a sombra de minhas quaresmeiras e iniciou a leitura a meia-voz. Gostei das primeiras páginas, e não porque a obra, narrada por um defunto, tivesse ligação com meu universo pessoal, mas pela sua liberdade — uma vez morto — de dizer tudo o que desejara quando vivo. Pareceu-me que o narrador era dado a patranhas — prova do quanto é penoso, senão impossível, libertar-se das mentiras, mesmo se interpostas pela fatalidade da morte. Eu mesmo menti quando falei da cigana; realcei o azul do céu — para intensificar a beleza da cena —, mas, em verdade, na tarde em que ela esteve aqui, nuvens escuras cobriam o horizonte.

O afluxo do público se limitou inicialmente à biblioteca, sem transbordar para o meu quadrado; mas, por sugestão de um professor de literatura, aos poucos os estudantes começaram a se sentar em meus bancos para ler, conversar e fazer recitais de poesia, dirimindo o temor que tinham de flanar pelas minhas terras.

Para celebrar o Halloween, o jovem vereador inventou um sarau interescolar, realizado junto à minha capela, diante da qual foram enfileiradas dezenas de cadeiras. O evento se consagrou não tanto pelos textos lidos, mas pelas roupas dos declamadores — imitavam esqueletos, monstros, bruxas, demônios, fantasmas, uma miscelânea hilariante de tipos "assustadores".

---

## X. Cabelos lisos

O marido morreu há um ano. A viúva veio, com a filha, Fabiana, que já deu seus primeiros passos, lavar o túmulo dele (perpétua 68), deixar um vaso de crisântemos e fazer uma oração.

Percebi que a mulher, embora enlutada, tinha nos olhos o suave contorno de um sonho: inegavelmente seguiria a sua vida até que, numa dobra do tempo, o futuro a premiasse com um novo amor.

Interessei-me, então, pela criança. Lembrei-me de que o pai dissera, tempos atrás, quando aqui enterrou um parente e nem pensava que, logo, ele próprio viria para cá. Dissera que a filha, então no ventre da mãe, contrariando as probabilidades genéticas, talvez tivesse cabelos lisos.

Mirei a menina e constatei o quão lisos eram os seus cabelos. Lisos e bonitos, luzindo ao sol, os cabelos de Fabiana. Fiquei feliz pelo pai, que sequer a conheceu. Não imaginava que pudesse me alegrar com uma verdade que nao me pertencia.

## XI. Conversa de casal

O "novo" público que vem me frequentando, atraído pelo acervo da biblioteca e pelas atividades oferecidas — oficinas de escrita criativa, contações de histórias e rodas de leitura —, trouxe-me outros matizes sobre a vida dos casais, tanto os já assumidos ou em vias de ruptura quanto aqueles em processo de formação.

Moças e rapazes saem da biblioteca com livros nas mãos e, não raro, alargam seu encontro namorando pelas minhas aleias. Embora tente refrear a bisbilhotice, acabo sintonizando suas conversas. Se me desinteresso pela maioria delas (as juras e os devaneios de amor se repetem), outro dia peguei um diálogo, que, ao contrário de meu desejo, nada esclareceu sobre os planos do casal, mas registrei a alternância de suas vozes murmurantes:

—

—

—

—

—

—

—

—

—

—

—

—

—

—

—

—

—

—

—

—

—

---

## XII. Dueto de outro casal, ou os vaga-lumes

Eu lampejo, eu também, eu lampejo para atrair ela, e eu para atrair ele, eu voo sozinho, mas numa noite de verão, depois da chuva, voei em grupo, e eu fui preso num vidro com outros de minha espécie, um menino nos capturou, e a ele servimos como lanterna, iluminando seus passos na escuridão da fazenda, onde mora com a avó, até a cidade, para pedir ajuda, a avó com náusea e vômitos; eu lampejo para atrair ela, e eu, quando percebo que ele quer se acoplar, estaciono numa folhagem para localizar minha luz, que, na verdade, luz não é, mas luminescência, e eu a encanto com meus olhos verdes, meu pisca-piscar, e eu o encanto do mesmo jeito, e nós encantamos as crianças, as crianças e os casais (como nós, apaixonados); eu lampejo, eu lampejo, nós lampejamos para fugir dos predadores, eu, apagado, de repente, acendo-me, assusto o louva-a-deus, que se gabava de ter achado seu alimento, eu lampejo enquanto voo, eu atravesso bosques, eu perfuro as sombras das árvores à meia-noite, eu lampejo para atrair ela, e eu para atrair ele, mas, sem querer, atraímos também poetas, um deles nos associou à bruxaria, atribuiu a nós maus presságios, como as corujas, outro escreveu que sonhamos brilhar como as estrelas, enquanto as estrelas sonham com nosso pequeno lume; eu lampejo, eu lampejo, nós lampejamos, eu lampejo para atrair ela, e eu para atrair ele, eu lampejo para gerar outros lumes, outros lumes que, sem mistérios, vão se acender e se apagar e, uma noite, nunca mais se acender; eu lampejo, eu também, eu vim voando daquela moita do mato, e eu, daquele arbusto, e agora eu lampejo, e eu lampejo, nós lampejamos, entre as árvores deste cemitério, e eu voo, pirilampando, sobre as superfícies tumulares, e eu a sigo, eu pouso na cruz de um jazigo, e eu, sobre ela, e, então, vamos garantir a vinda de um filhote, uma faísca de vida como a nossa, que vai lampejar, lampejar, até que...

## XIII. Outras conversas partidas

— Te amarei eternamente. E ainda depois.

— O prefeito vai trazer a festa do peão de boiadeiro pra cá.

— E a prova de motocross?

— Também.

— Você já leu *O deserto dos tártaros*?

— Vou até lá mais tarde.

— Tenho de passar no correio...

— Deixa, vá!

— Um beijinho só...

— O túmulo da minha mãe é aquele ali, com a placa dourada.

— Um dia, estaremos aqui pra sempre...

— Meu pai vai fazer churrasco no sábado.

— *Um copo de cólera*.

— Lugar sinistro, hein...

— Onde você comprou esse tênis?

— Veja, uma borboleta azul!

— "Ao verme que primeiro roeu as frias carnes do meu cadáver dedico como saudosa lembrança estas Memórias Póstumas."

— Quando? Amanhã?

— Melhor a gente sair daqui.

— Alguém perdeu esse celular.

— Vamos apanhar manga?

— Picharam o muro lá fora: "Anabel puta."

— E se...

— Pode ser.

— ?

— !

---

## XIV. Uma promessa

Uma moça está em frente à perpétua 44, onde foi enterrado, semanas atrás, seu noivo, José Andrade (25 anos, 9.100 dias), morto por picada de cobra cascavel. Ela diz:

— Vou pegar uma caixa na drogaria do meu pai, engulo todos os comprimidos e ainda corto os pulsos (na vertical, já vi na internet). Amanhã estarei aqui com você.

—

---

## XV. Pequenos incômodos

Acordei às 7h da manhã, o sol já forte, e fiquei de preguiça, contemplando, dos meus vários pontos de vista, a paisagem cercana e a maneira pela qual os novos dias nela se revelam aos meus olhos. Não sei se a manhã se mostrou particularmente bonita, ou se era meu estado de espírito, vertebrado por um súbito contentamento, mas pensei no quanto seria triste morrer num dia esculpido pela vívida luminosidade da primavera e por uma atmosfera de paz entre homens e homens, bichos e bichos, pedras e pedras.

Um sepultamento seria um incômodo para mim, e para quem dele participasse, na condição de protagonista ou coadjuvante. Aguardei o coveiro assumir a sua função para ver se ele abriria alguma tumba — afligia-me a promessa da noiva de José Andrade, embora, em tempos passados, eu tenha ouvido promessas parecidas, que, no entanto, não se concretizaram —, e foi com alívio que vigiei Saulo, durante duas horas, a varrer as folhas secas em minhas aleias. Mesmo assim, a perspectiva de que, à tarde, eu recebesse um novo morador, desencadeou um pequeno incômodo que não me abandonava.

Não me abandonava, mas, ao longo do dia, revezou-se com outros incômodos. O primeiro irrompeu com uma equipe de tevê de Ribeirão Preto; o repórter e o cinegrafista queriam fazer uma reportagem sobre a biblioteca e sua peculiaridade — ser apêndice do cemitério municipal —; a fama da Caveirinha rastilhava pela região de maneira rizomática, e, se não a consideravam ação de política pública a ser imitada, viam-na (e se divertiam) como um atrativo funesto. Causou-me desconforto, enquanto faziam a reportagem, observar, pelo monitor, meu muro principal com os rodapés sujos de terra e, para além dele, transbordando, como espadas desembainhadas, as pontas de alguns de meus túmulos. Eu nunca tinha me visto com aqueles olhos de fora — eu me vendo e sendo visto por mim, que, ao mesmo tempo, era também outro. A câmera flagrava uma imagem de mim, não eu próprio; o incômodo se esticou, como um elástico, pois as lembranças, que venho me contando, são só imagens capturadas pelos contornos das palavras, o passado (vivido e recordado) não é mais que a escolha de um enquadramento; e por essa angulação, achei-me sem graça.

Por sorte, outro incômodo brotou para minimizar o primeiro, já que, por ser mais leve e agarrar no ato a minha atenção, deixou a imagem que fiz de mim (ao me ver na câmera) em repouso por alguns minutos. Ouvi vozes no meu portão lateral; um homem e uma mulher conversavam baixinho, combinavam um encontro às escondidas, pude até farejar nas entrelinhas a escrita da traição, *Hoje às quatro*, a mulher disse ao homem, *Ele* (entendi que ela se referia ao marido) *estará ocupado*; afastei-me ao ver o casal se despedindo, o homem seguiu pela rua, e a mulher — sim, a mulher do Saulo —, atravessou meu portão e foi à procura dele; tinha um recado para lhe dar, uma ordem de serviço, alguém da família Cavalcanti tinha morrido, era preciso que abrisse o jazigo para o sepultamento à tarde.

O terceiro incômodo, eu mesmo me plantei ao considerar que talvez estivesse enganado em relação ao pacto da mulher do coveiro com o desconhecido, as palavras trocadas por ambos poderiam ter sido mal interpretadas por mim; disseram umas, ouvi outras, que me aborreceram, assim costuma ser na esfera da linguagem — como ter certeza de que o dito por um corresponde ao entendido por outro? O diálogo entre eles talvez fosse o diálogo que eu ouvira, mas, igual minutos antes, quando me vi pelo monitor, talvez fosse apenas a imagem (do desejo dos dois) projetada na forma de um diálogo. O incômodo deu um salto, levou-me a pensar se, ao narrar minhas recordações, a palavra "talvez" fosse substituída por uma de suas alternativas, o "sim": e, então, o "possível" teria "acontecido". E, se optasse por trocar o "talvez" pelo "não", eu estaria mudando não só a minha história, mas a dos demais. Afligiu-me esse poder redentor, transformador e conservador de uma palavra.

O último incômodo chegou vagaroso, quando o carro fúnebre estacionou à minha frente, às quatro e pouco da tarde, trazendo em seu encalço uns poucos veículos dos quais saiu gente enlutada, seguindo a velha moda das roupas pretas e dos óculos escuros. Acompanhei o cortejo até o túmulo e confirmei, para o meu pesar, que, no caixão, jazia a noiva de José Andrade. Lamentei que tivesse cumprido a promessa da véspera. Lembrei-me da palavra "talvez", substituí o "sim" pelo "não", e o incômodo se foi, embora sem rebocar a alegria. Ao menos Julieta Cavalcanti, livre do sofrimento, repousaria, dali em diante, na quietude de minhas terras.

---

## XVI. Um grande incômodo

Os pequenos incômodos se foram, junto com a tarde que mingou, mas outros, menores, apareceram nos dias seguintes, e deixei passar sem mencioná-los; não que as miudezas não me interessem, sei bem que há no cascalho milhares de cacos brilhantes.

Tempos depois, acordei, certa manhã, angustiado, sentindo um grande incômodo; apesar da vida nova, não poderia jamais extirpar o eu que me constitui e substituir por outro, mote comum ao sonho das pessoas. Abri os olhos e não achei beleza no sol, que, visto do meu portão central, parecia uma pipa amarela empinada por um menino que passava correndo, a mão estendida para o alto. Não me alegrou, tampouco, constatar, nas duas quaresmeiras, as primeiras flores, anfitriãs da primavera. O desassossego era como a pedra de amolar daquele cigano, ávida para reduzir a nada qualquer perspectiva contrária ao meu desalento.

Tentei me reanimar, espiando o que acontecia na biblioteca, onde talvez algo pudesse me alijar daquela carga que me esmagava a consciência — como, de fato, aconteceu. Àquela hora, só havia a bibliotecária em seu posto, quando chegou um garoto da Vila Cláudia: vinha pesquisar, a pedido da professora, o que era metáfora e listar alguns exemplos. A mulher separou dois tomos de enciclopédias distintas, um livro de língua portuguesa, outro de teoria literária. Levou-os a uma mesa, consultou seus índices e os abriu nas páginas referentes ao assunto, mostrando-as ao menino. E, em vez de retornar à sua cadeira, imbuída pelo velho hábito de ensinar, ela se pôs a ler para o menino, um tanto circunspecto, a definição de metáfora de uma das obras. *Entendeu?*, perguntou. *Entendi*, ele respondeu, e sorriu. Ela pescou alguns exemplos, que lhe pareceram fáceis para o garoto assimilar: rio de fogo, mar de cana, lua de mel, morrer de rir, árvores dançantes. O menino sorriu mais e mais. “Entendeu?” “Entendi!” A mulher leu noutro livro a definição equivalente e novos exemplos: pai do samba, lobo do homem, rei na barriga, flor de pedra. O menino hesitou com a última metáfora: flor de pedra. A bibliotecária explicou-a, ele entendeu — e gostou (porque sorriu maior). Também eu gostei. Vi que aquela artimanha, possível graças à maleabilidade da língua (maleabilidade que, no entanto, arrebenta com tudo) o encantara — sim, o entendimento encanta, ali estava a prova! Mas o meu mau humor não se alterou. Pensei: no futuro, esse menino descobrirá que entender (também) desencanta.

Afastei-me da Caveirinha e me afundei em cálculos. Dei-me 43.800 dias de vida — e entristeci mais. Eu não queria viver sequer aquele dia que, então, mal se iniciara (o sol na mão de um menino que o soltava, como uma imensa pipa amarela, no céu).

Flor de pedra, eu era e sou. Só mesmo no reino das palavras seria possível transformar, com uma metáfora, a rígida realidade (pedra) na maciez da fantasia (flor).

## XVII. Pétala de veludo

De repente, uma pétala da flor de pedra ganhou, como se por um milagre, a consistência de veludo. Uma pétala, única. Mas, em sua frágil membrana, equilibrava o fardo das contrariedades numa ponta e o feixe dos dissabores na outra.

A pétala se tornara viva pelo ato simples de a flor deixar a sua dor em recolhimento para medir a dor dos outros, já que não podia senti-la — a cada um o atlas de saudades que seus ombros suportam.

Naqueles dias, acolhi com piedade Julieta Cavalcanti, a noiva de José Andrade, e outros três mortos. O primeiro, um mendigo que, havia duas décadas, vivia pelas ruas da cidade; emigrara do Haiti e, depois de uns meses em São Paulo, onde não conseguira se empregar, viera desaguar em Cravinhos; morou no asilo municipal, cuidando de velhinhos, mas não se adaptou, e, aí, as calçadas se transformaram em sua moradia. Vi-o, diversas vezes, passando lá fora, arrastando sua sujeira e cantarolando uma música ininteligível. Na última delas, quando inauguraram a biblioteca, escorado num poste, vendo a solenidade à distância, começou a rir e a dançar quando a "furiosa" estrondou o primeiro número. Na certa, àquela hora, experimentava o macio da fantasia que o destino lhe concedia.

O segundo morador era, quando vivo, um ancião calado; lembro-me de tê-lo visto meses antes no enterro de sua mulher (perpétua 83). Lutara na Itália, na Segunda Guerra Mundial, mas não na linha de frente, era enfermeiro. Findo o conflito, voltara a Cravinhos e se empregara na Santa Casa de Misericórdia, onde trabalhara até os 70 anos.

Por último, recebi um indigente que o coveiro sepultou numa vala comum, seguindo ordens do prefeito. Assassino profissional, dono de mais de trinta mortes, era procurado pela polícia do país inteiro. Fora pego numa emboscada perto do Pico do Selado. No necrotério da cidade, não queriam lhe preparar o corpo; tinham medo de que, mesmo morto, fosse capaz de alguma monstruosidade. Temiam ser vítimas dos miasmas grudados nele, da massa de atrocidades que o envolvia como uma aura nefasta. Logo que Saulo o deitou em minhas terras, fui conferir se havia nesse matador alguma remanência de suas forças malignas. Não senti nada, absolutamente nada. A pétala de veludo voltou à flor de pedra.

## XVIII. Estado de espírito

Por conta da flor e da pedra, hoje não é o pensar que me sorve e me absorve, mas o sentir. O sentir que me esvazia, e me infla de incertezas, quando nada, nada me emociona. Por sorte, meu estado é volúvel, do seixo de gelo se faz subitamente a água líquida, e da água líquida, a nuvem se forma — e aí eu vago, eu erro, eu tento me diluir na névoa da inconsciência. Mas a memória se rasga, como papel, nela entrevejo as gotas em derrame das velas, os ex-votos sobre os túmulos, as tampas dos ataúdes entalhadas com capricho. Devagar, as dores se apresentam, e me doem. Os choros me lavam do menosprezo e me levam (de novo) a mim. Os mortos recém-chegados me ruam. As ruas me avenidam. À espreita, o medo me mede (e mede os vivos, que vêm trazer os novos moradores). O vento me envolve, de um extremo ao outro, e, depois, se evola — indiferente se sou flor, pedra ou terra viva.

## XIX. Experimento com metáforas

O vento diz vento; as folhas dizem folhas; as nuvens, nuvens. Mas, para ele, limitado por seus sentidos, incapaz de compreender o que as coisas dizem na língua delas, a enunciação é outra: o vento diz *sopro*; as folhas dizem *caímos*; as nuvens dizem *passamos*.

---

## XX. Perdoável transgressão

No trecho anterior, momentaneamente enfastiado por elaborar este relato em primeira pessoa, mudei o "eu" para o "ele", aproveitando para sublinhar, mais uma vez, o meu gosto pelas metáforas. Mas todo enjoo dura pouco. Peço desculpas pela transgressão — e avante com o meu narrador diegético.

---

## XXI. Des-esplendor

Como disse, a inauguração da biblioteca, e sua permanência como um novo espaço de cultura na cidade — porque muita casa que se abre (de shows, de carnes, de chás etc.) logo se fecha —, atraiu para cá não apenas leitores, mas também performers, ainda que amadores.

Certa tarde, quando o sol já perdera suas forças e em breve a noite se insinuaria com pesadas sombras, uma jovem, saindo da Caveirinha, levava na mão um livro, recém-emprestado, e, a meio caminho, parou para folheá-lo. Educada, evitou fazer de cadeira uma das minhas campas, e se sentou no chão, próxima à minha saída principal. Depois de alguns minutos, ergueu-se, abrupta, e começou a ler estes versos, de forma teatral, como se num palco — sem, no entanto, a devida plateia, senão eu, o céu a entardecer e o vento:

*Não entres nessa noite acolhedora com doçura,*
*Pois a velhice deveria arder e delirar ao fim do dia;*
*Odeia, odeia a luz cujo esplendor já não fulgura.*

Antes que ela saísse e continuasse a sua declamação na rua, notei pela capa do livro que era uma coletânea de poemas de Dylan Thomas. Apreciei os versos, retive-os na memória, com ênfase no último, *Odeia, odeia a luz cujo esplendor já não fulgura*, a fim de aproveitá-los futuramente. Mas, ao contrário dessa bela estrofe, o sol não mais esplendia, passara o momento de seu fulgor; rapidamente, a noite desabou nada acolhedora e sem qualquer doçura. O outono estertorava, e o frio, naquela madrugada, foi de amargar.

## XXII. Borboletas

Eu soube ser consenso que borboletas pretas são atratoras de maus augúrios, associadas, pela cor do luto, a episódios funestos. No mínimo, como atenuante, lembram a tinta da melancolia. Podem desconfiar de minha sinceridade, mas nunca vi uma dessas voejar no meu quadrado. Vi e vejo, nas minhas árvores e arbustos, borboletas amarelas, vermelhas, brancas e muitas chamadas de rabo-de-andorinha, apolo e coruja. Até uma azul, tempos atrás, vi adejar numa janela da biblioteca, quando lá pousou e, como se esperasse que alguém a fotografasse, ou a espetasse num álbum, permaneceu hirta, convidativa, presa fácil. Mas, convicta de que ali nada se daria, muito menos alguém (eu?) escreveria sobre a sua presença, esvoaçou, para cumprir seu papel de polinizadora, antes que lhe dessem um piparote. É de se pensar por que as borboletas pretas me evitam, e as coloridas me enfeitam, me povoam, me reavivam. Deveria ser o contrário.

---

## XXIII. Corujas

Distintas das borboletas, diurnas, as corujas se apresentam à noite, pousam num galho de árvore (se é que lá não estavam de dia e não as víamos) e se quedam imóveis, girando às vezes somente a cabeça para um lado e outro. Delas se diz que pressagiam maldades, matanças, mortandades, daí por que vi uns meninos atirarem pedras com seus estilingues numa e noutra que apareceram no meu velho ipê. Há quem opine em outra direção, afirmando que representam a prosperidade e a sabedoria, argumentos, como os que se fiam em sua capacidade de atrair azar, sem nenhum comprovante. O que nas corujas me agrada é a audição evoluída e a visão aguçada que permite a elas enxergar no escuro. Dois atributos que faltam aos homens. Tantas vezes presenciei uns não escutarem o que outros, aos uivos, lhes diziam. E perdi a conta das ocasiões em que muitos, à luz do sol, não viam o que estava, tão claro, abaixo de seu nariz.

---

## XXIV. Coro dos indecisos

Aqui estamos, em cima do muro, cortados pela dúvida e pelo medo, eu temeroso com a ideia de que não haverá nada além de minha decomposição, eu nem tanto, porque tanto faz estar no éden ou no limbo, eu nem tanto (talvez seja resquício de meu tempo sobre a terra, onde se vive pensando no melhor, mas à espera do pior, é o que costuma acontecer), eu nem tanto, eu tenho receio, sim, do que me espera, mas não terror, o que pode ser mais perverso do que esse mundo que deixamos?, eu duvido que haja algo mais baixo para o espírito do que a jornada terrena, mas vai que exista um outro plano, eu acredito e não acredito, eu já não acredito e acredito, eu fui ateu em vida e continuo, com a graça de Deus, eu fui um bom homem (na minha opinião), e eu, um homem generoso, eu salvei animais, eu matei carneiros, eu só matei formigas e pernilongos, eu não acho que meus pecados me condenam ao inferno eterno, eu tenho salvação, eu não, mas não importa, o mal sempre me pareceu mais atraente, o mal é o verdadeiro bem, só o mal nos impulsiona para a glória, eu concordo, o mal é melhor porque nos degrada, a elevação só ocorre se estamos no fosso, bem que seria interessante o estágio num mundo superior, se é que existe alguma chance de a humanidade evoluir, o homem é o que é, e sempre será o que é, sim, somos seres acabados, não há como nos retocar nem nos aprimorar, não sei, eu tenho minhas dúvidas, eu também, é por isso que estamos aqui, aqui e lá embaixo, eu na perpétua 26; eu, na 58; eu, na 97; eu, na 73; eu, na provisória 112; nós dois, na 23 da nova ala; eu, na perpétua 49; eu gostaria de encontrar meu pai; eu, a minha mãe, estou ao lado dela na perpétua 86, onde só encontrei seus cabelos grisalhos e um feixe de ossos, eu sonho em rever minha esposa, e eu, as crianças, eu nem conheci meu filho, morri no cumprimento do dever, Jonas nasceu um mês depois de minha morte, eu queria abraçar a minha menina, Beatriz, eu acho que a vi outra tarde lavando seu jazigo, é uma moça alta e magra?, exatamente, eu gostaria de ter uma noite de amor com meu marido, e eu, com minha noiva, Julieta, mas não, ela nunca hesitou entre a dor e o nada, foi por isso que ela se matou, não é?, eu não paro de me perguntar, nem eu, para onde vamos daqui em diante, se é que vamos, e para onde foram as palavras que dissemos durante a vida, e para onde vão as que dizemos agora, para onde foi o tempo oco do meu sono, as minhas horas de lascívia, as minhas unhas roídas, as minhas teimas de menino, as minhas velhas chagas?, pois é, para onde, eu me pergunto, e eu me pergunto e pergunto a vocês, para onde foi a bica de água em que me lavei na peregrinação a Aparecida do Norte, e a terra morna que meus pés pisaram quando cheguei a Potosí, para onde foi a paisagem que vi em minha lua de mel, de um lado o areal infinito, e do outro, o mar Mediterrâneo, e para onde vão todos os nossos momentos vividos?, é, para onde, para onde vai a dor desenhada pelo relho, meu velho conhecido, para onde vai o aroma de alfazema se não invade as minhas narinas, o delicioso veneno dos jasmins quando finda o verão, para onde vai a vida que tive, e tudo o que provei com os meus exíguos sentidos, ainda que alargados por uma fé, falsa, de ocasião?, para onde vão as janelas que meus olhos beiraram, o rastro dos erros na rota dos meus dias, os meus instantes, todos, de amor?, eu não sei responder, nem eu, mas eu continuo perguntando, eu quero saber, para onde foi a minha febre nas tardes de meningite, para onde vai o meu espírito desde que me arrebentei no *guard rail* daquela rodovia?, para onde foram, logo que dei o último suspiro, as minhas conquistas profissionais, os edifícios de papel, metal e brita que ergui no meu imaginário, minhas mãos de seda e meus dedos de estrangular verdades?, para onde foi a régua com a qual eu costumava medir a distância entre o desejo e a solidão?, eu não sei, nem eu, e nem eu, mas eu quero saber, para onde foi o gosto de menta que me lavava a boca, e para onde vão os meus dentes remendados, os implantes na minha gengiva calcinada, para onde foram os afagos que eu fiz, e aqueles que recebi, tanto os sinceros quanto os simulados, para onde vão todos os meus minutos, sujos e sublimes, para onde o cacto que brotou no meu deserto, para onde vão as flores que reguei e morreram, eu não as vejo aqui, eu não vejo nenhum morto da minha família, eu duvido que alguém virá nos tirar daqui, seria melhor que nos derrubassem, para o lado de fora, ou para o lado de dentro, ou que a gente se jogasse, pois é, que fizéssemos a nossa escolha, mas eu sou indeciso, eu também, e eu, e eu, e eu, e eu, e olha que a vida toda ouvi dizer que ninguém vai adiante quando está cheio de certezas, você tem razão, sempre acreditamos que, para avançar, só mesmo na garupa das dúvidas, não há como negar que avançamos, sim, avançamos, mas aonde viemos parar?, é verdade, veja onde viemos parar, então, então o quê?, então a questão está posta, ser ou não ser indeciso?, não sei qual a melhor alternativa, nem eu, e aí eu pergunto, de novo, o que vamos fazer?, e eu, e eu, e eu, eu respondo, com outra pergunta, continuar ou não aqui, em cima do muro?

---

# XXV. Aceitação

Quando o pai de Maria Eduarda (que viveu apenas um mês) a trouxe para cá, ouvi-o murmurar que o destino não havia sido justo com ele, nem com a menina: poderia ter deixado que ela crescesse e dado aos dois a oportunidade, tão comum, de escrever juntos uma história familiar.

Na ocasião, não me dei conta de que ele não aceitava a morte da menina, contra a qual se lamuriava não por ter sido abrupta, nem pelos anos de convivência futura, subitamente interrompida, mas pelo fato de que ela, a morte, se precipitara.

Acostumado a registrar esse sentimento de negação em todos que vêm enterrar seus mortos, creio que se opor à perda leva a outra perda, talvez pior — a da esperança. O pai de Maria Eduarda talvez sonhasse com a ressurreição da filha, mas, um dia, não teria de se ver com a sua própria morte — que tiraria dele não apenas a menina, mas todas as outras pessoas?

Melhor aceitar. Não por conformismo, nem por impotência, mas por compreender que não temos controle algum sobre os movimentos do mundo. Eu aceito as tardes de tédio e as de euforia, aceito que essas vão sempre se revezar com aquelas; aceito as noites amenas e as de tempestade, que, embora apavorantes, são sublimes; aceito os ovos que uns garotos atiraram nos meus muros num domingo de Carnaval; aceito a ferrugem que apareceu nas folhas de minha mangueira, sinal visível de que não dará mais frutos sãos; aceito quem em mim é sepultado, independentemente de seu *curriculum vitae*, de sua identidade real ou imaginária, dos crimes que cometeu e dos que lhe passaram pela mente (sem a coragem suficiente para efetivá-los); aceito os mortos que, quando vivos, não "melhoraram" o seu corpo, movidos por uma ilusão de beleza (permitiram, sim, que o tempo o redesenhasse, sempre para pior), aceito os que trazem na face, no abdômen, nos seios, às vezes nas nádegas, a marca das cirurgias plásticas; aceito os ateus e os crentes (que confiam no paraíso, onde a beatitude, e não o nada, os aguarda desde a manhã dos tempos); aceito crianças e velhos, mães e pais ausentes, mendigos, prostitutas, corruptos, miseráveis, gente de qualquer cor, raça e credo; vinde a mim as criancinhas e, também, os párias, os loucos, os desviados, os carniceiros; eu aceito as manhãs sem porta; as nuvens sem margens; os fatos sem chave nos quais não podemos entrar e sair a bel-prazer; aceito que ultimamente ando fazendo confusões de data e nome de pessoas; aceito que, apesar de minha nova ala e do interesse que a Caveirinha tem atraído para mim, não vai demorar (o prefeito insiste) para construírem outro cemitério em Cravinhos — o bairro do Pedregal, no outro extremo da cidade, cresce rapidamente, e com ele, o número de habitantes, e, com o número de habitantes, a quantidade de mortos.

Aceito que, a cada instante, estou menos vivo, e que chegará o tempo de estar tão morto quanto aqueles que para cá se mudaram. Ontem, chegou o pai de Maria Eduarda, 43 anos. Agora ele jaz na perpétua 39, junto dela e da esposa. Aceito-o, mesmo lastimando que veio cedo, podia bem ter vivido mais alguns anos.

---

# XXVI. *Vox populi*

Então eu junto umas palavras soltas a trechos inteiros de conversas captadas entre meus domínios, umas de tempos remotos, outras de ontem, misturo perguntas a meias respostas — e o colar que resulta dessa soma de vozes ecoa em meus ouvidos, sobretudo quando entupidos de silêncio:

O que vive ulcera, o que vive seca, o que vive impera, o que vive encerra; tudo é, foi e será, ao mesmo tempo; o velho já é o velho no menino; onde começa um homem noutro homem?; onde começa a morte em alguém, e quando termina?; minha pele registra histórias, você pode sentir uma a uma como quem revolve a terra; o sêmen é a lágrima do gozo pelo desejo morto; somos um dia de verão e outro de inverno; o veneno pode estar nos olhos ou na voz; um é o outro em certas horas, o outro é aquele em incertos momentos; eu só peço uma migalha de céu; o pó é pó e nada mais; eu sou uma pessoa segunda-feira, perdoai-me; estou triste e mulher; são apenas homens novos sobre a velha terra; não se apresse, um dia todos os dias serão noite; tenho vontade de solidão; quando a chama da dor se acende, prepare-se para o fogo alto; o escuro nem se lembra de que existe o claro, quando opera com seu máximo negrume; às vezes, filha, o real sabe a mentira; até mais tarde, tenho de cuidar das leiras; será que ele passa desta noite?; meus olhos estão cheios de maio; o arado roça a memória das minhas mãos; então pra que tudo isso, pai, se a gente morre?; entrou em coma e nem soube que estava morrendo; e pra que saber?; a rosa sabe que vai apodrecer?; o "não" é a terra do desencanto; e eu, como morrerei?; vai para a cova com ele toda uma época; por isso eu quero ser cremado; não se preocupe, querido, ela não sente mais nada; mas eu sinto; eu sinto com a mente e dói mais do que toda a dor que já senti com o coração; o nome desse poço, filho, se chama desespero; com quantas vidas uma morte atinge a maioridade?; o meu planeta, daqui em diante, será a amargura; a carne é triste, o espírito também; viver é irreversível; o grão jamais retorna ao não (que era) depois de ser sim; quanta grana o velho tinha no banco, ninguém sabe; ele só deixou dívidas; dívidas e filhos para honrá-las; será que existe mesmo?; você conhece algum advogado?; os mortos gelam, os vivos queimam; mas ontem ela estava bem!; pois é, foi de repente; caiu na banheira, foi pra cama, e da cama pro caixão; tinha acabado de comer doce de leite; estava vendo televisão com as outras crianças; aquele já não era o meu pai; morreu vomitando as próprias fezes; no final das contas, esse é o preço da vida; é o jogo, e não dá para sair quando quiser; o Pai dá, o Pai tira; Deus calculou errado, não pode ser; o auge da beleza é o início de seu apodrecimento; eu daria tudo para ter ele de volta; então, mãe, o fim é isso?; então pra quê?; então ele se foi; então é preciso abrir o inventário; então uma hora seremos nós; então todos vamos nos afogar na terra?; vamos; então é um naufrágio a seco?; é um naufrágio a seco, filho; então; então eu; então você, mãe; então nós; então nós; então todo mundo...

## XXVII. O mais velho

"Páginas" atrás, lembrei-me de minha caçula, Maria Eduarda, que veio para cá recém-nascida. Não posso me esquecer do meu mais idoso morador, não o que está o maior tempo comigo (Mariana, que me inaugurou), mas aquele dentro de mim com idade mais longeva, Ângelo Anzanello. Assim, uno as pontas de duas vidas, a mais curta e a mais comprida, abrigadas em meu circuito.

Ângelo, o primogênito de um casal de camponeses, vivia em Campolongo de Cadori, no Veneto. Aos 10 anos, veio com os pais e sete irmãos para o Brasil numa leva de imigrantes italianos que fugiam da fome e, ao desembarcar em Santos, foram encaminhados às lavouras de Ribeirão Preto.

Quando o vi pela primeira vez, eu era um cemitério criança, acolhia uma dezena de jazigos, não tinha muros ao fundo, e Ângelo já passara dos 40. Desde jovem, auxiliava o pai e a mãe, que, depois de anos plantando em terras alheias, compraram um sítio, onde, além de cultivar café e milho, criavam ovelhas.

Ângelo adquiriu uma das primeiras perpétuas à venda neste quadrado — veio sepultar o pai, quando então se deu o nosso primeiro encontro. Ao longo de meio século, vi-o duas ou três vezes anualmente entre meus túmulos, no dia de Finados e em enterro de familiares. O período de convivência entre nós — vou me valer de uma expressão que ouço sempre — foi "uma vida"; e, depois, quando ele se mudou para cá, de uma vez por todas, tem sido, subvertendo a frase, "uma morte".

Eu o vi envelhecer, lentamente. Ano a ano. No final, quase não o reconheci naquele corpo derruído, quando aqui esteve em sua última visita, justamente em Finados. Chegou numa cadeira de rodas, empurrada por duas netas que o trouxeram ao descer da tarde para poupá-lo do calor. Deviam saber que o avô já não estava com elas. Ângelo era um esboço, feito por mãos rudes, do homem que havia sido: estava curvado, debilitado, massacrado. Mas ainda havia vida nele. À época, dei-lhe 80 dias, lembro bem, apesar do movimento de Finados, que sempre me tumultua a razão.

Recordo os tempos em que passava lá fora num pequeno trator — substituído aos poucos por outros, enormes e possantes, guiados pelos filhos ou netos, invariavelmente com algo preso à traseira (a grade niveladora, a charrua, o escarificador).

Com os irmãos, Ângelo cuidou dos negócios dos pais e, depois, comprou pequenas (e mais adiante grandes) porções de terra ao redor de Cravinhos, ampliando o patrimônio da família. Quase nunca se ausentou da cidade; viajou uma única vez para fora do país — foi com os filhos a Campolongo de Cadori. Por que, quando se aproxima o fim, as pessoas retornam às suas nascentes? Não sei dizer.

Antes de morrer, aos 93 anos, Ângelo enterrou o pai, a mãe, os sete irmãos, dez sobrinhos (seis homens e quatro mulheres), seis cunhadas, o sogro e a sogra, a esposa Matilde, quatro de seus seis filhos, três de seus sete netos, um bisneto, além de duas dezenas de parentes de segundo e terceiro grau — todos, aqui, em minhas perpétuas e provisórias.

Orgulho-me de ter esse homem em minhas terras — embora eu só tenha conhecimento de seu lado solar. Refiz as contas quando, em janeiro, o trouxeram num caixão singelo: 79 dias haviam se passado, desde o último Finados. Gostei de que Ângelo veio um dia antes do meu vaticínio. A perfeição matemática não me agrada.

---

## XXVIII. Quantas horas de fortuna?

Os últimos 79 dias de Ângelo. Por que pensar neles e como foram usados? Apanhei o lápis e o papel da imaginação e fiz uns cálculos. Um terço, em média, foi gasto com o sono: há quem objete que os velhos dormem pouco, há quem garanta que vivem numa bruma de semiconsciência, preparatória para o apagamento total. Outra parte foi consumida pelas atividades triviais: as três refeições do dia, os dois banhos, as conversas com as filhas sobre fatos da vida familiar, da cidade e do mundo. Porção relevante teria sido gasta em recordar tempos dourados, cenas de Campolongo de Cadori, rostos queridos. Será que houve — por que não? —, um dia no qual Ângelo pôde saborear uma velha alegria, mesmo que solapada depois por ondas de tristeza? Quantos dias, desses 79, ele, de fato, viveu?

Resolvi mudar a medida, passá-la de "dias" para "horas". Refiz as contas: 1.818. De novo, as desalentadoras operações aritméticas. Mas se, nesse período, Ângelo teve uma única hora de leveza, já terá sido para ele uma fortuna e tanto no ocaso da vida. Uma fortuna mais valiosa que as terras, a perder de vista, adquiridas em seus 93 anos e que já são motivo de conflito entre os herdeiros.

---

## XXIX. Preciosidades

Outro dia, o "menino das metáforas" voltou à biblioteca com outra demanda escolar: a professora de história solicitou que fizesse uma pesquisa sobre a Pérsia. A bibliotecária retirou das prateleiras *O império aquemênidas*, *História ilustrada do Irã*, uma adaptação de *As mil e uma noites* e um florilégio de máximas persas de autor desconhecido.

Das duas primeiras obras, o menino extraiu informações para o trabalho, anotou-as no caderno, copiou um mapa da era dos reis aquemênidas e outro do território atual do Irã. Levou de empréstimo *As mil e uma noites* para ler em casa, incentivado pela bibliotecária. Não se interessou pela coletânea persa, deixou-a aberta sobre a mesa, talvez porque exigisse reflexões para as quais não se sentia apto.

Mas para mim, a obra serviu. Apreciei as máximas expostas naquelas páginas abertas, e uma delas me fez gastar o restante do dia como um garimpeiro a mirar ouro. Dizia:

*Encheremos o mundo de coisas preciosas. Serão tantas que os homens passarão por elas julgando-as banais.*

Demorei horas, mas fiz a minha lista com visível prazer, experimentando certo frenesi quando me lembrava de uma dessas coisas, banais (e preciosas): os meus portões de ferro, o radinho de pilha do Saulo, todos os enterros (todos) a que assisti, cada lágrima aqui escoada, "a furiosa", a "Bachiana brasileira n.5", o sol (do nascente ao crepúsculo), o capricho do restaurador, os arabescos das minhas lápides, os vaga-lumes, a vista para o canavial e o Pico do Selado, os cachorros, alguns epitáfios, as preces silenciosas dos visitantes, as saudades, as saudades, as infinitas saudades, os pardais, as quaresmeiras, as mangas doces em dezembro, o silêncio ancestral, as tardes frescas, a tempestade, os trovões e os raios, o chiar da chuva, as flores (inclusive as de pedra), a moça manca, as luzes de Cravinhos se acendendo ao anoitecer, todos os "justo agora" e os "pelo menos" ditos de coração, Mariana e Marcílio (meus primeiros moradores), Maria Eduarda, o menino vidente Angelim, as nuvens, também a neblina, o coqueiro, o gado magro deslizando pelo pasto, as minhas aleias limpas, as minhas alamedas cobertas de folhas, o rendilhado das sombras em meus passeios, os gatos sobre os meus muros, as cabras relapsas que me pastam, as metáforas, a luz do sol no vitral da capela, a âncora bordada na roupa da cigana, as homenagens feitas ao Urso, a técnica de palavra-puxa-palavra, a rosa dos ventos, as retificações, a Caveirinha, aqueles que estão na cidade dos vivos e, um dia, estarão aqui comigo, e, claro, todos os dias de minha vida (mesmo os mais banais).

---

## XXX. O canto elemental

No fim dessa tarde, como se separasse grão por grão da terra que sou, comecei a pinçar do som (quase silêncio) que se fazia os seus componentes, um a um: o zumbindo das abelhas, o arrulho de uma rolinha, o farfalhar das folhas do coqueiro.

Imaginei que os homens, de hoje e todos os tempos — reis e vassalos, conquistadores e derrotados —, ouviram um dia esse canto elemental da natureza e atentaram para os seus acordes.

Senti que, por meio desse som, a tarde me dava algo, algo que eu não sabia o que era. Talvez fosse só a ausência manifesta do sentido da vida. Talvez fosse um instante de profunda quietude, e, por isso, me perturbava. Talvez fosse uma revelação, ou uma mensagem do tipo "morrer ouvindo esse rumor, para você, seria o mesmo, para um homem, que morrer cercado de gente querida".

Aos poucos, contudo, ouvi baixinho o meu coração latejando e me dei conta de que esse talvez fosse, apesar de ordinário, um momento supremo. Tão supremo que, esmagado pela sua incandescência, não mais percebi o zumbindo das abelhas, o arrulho da rolinha, o farfalhar das folhas do coqueiro — o motor de um caminhão sugou a minha escuta. Arrepiei-me por me lembrar daquele que, anos atrás, esmagara o cachorro na rua à minha frente.

---

## XXXI. Prefixo re

Tudo o que ouço e vejo, em meus domínios, permite-me dizer que é possível:

Abraçar<br>
e re-abraçar.<br>
beijar<br>
e re-beijar.<br>
colher<br>
e re-colher.<br>
ditar<br>
e re-ditar.

envolver
e re-envolver.
fazer
e re-fazer.
irrigar
e re-irrigar.
juntar
e re-juntar.
luzir
e re-luzir.
E assim, todos os demais verbos.
Com exceção de morrer.

---

## XXXII. A palavra é prisioneira

Um visitante disse, em frente à perpétua 62, que a palavra, uma vez dita, liberta o homem do silêncio, do grito, da servidão da memória. Mas, ao dizer, a palavra fica encarcerada no que (eu) disse, por exemplo, acima.

A palavra, assim, sempre estará presa às grades daquilo que, em si mesma, ela anuncia. Não lhe cabe mais se livrar das linhas em que se encontra escrita.

Por isso, as folhas das minhas árvores jamais deixarão de sentir o vento que as perpassa. E o vento nunca perderá em seu corpo de ar a sensação captada ao acariciá-las.

Da mesma forma, o que eu disser, mesmo sendo quem eu sou, estará para sempre preso ao (meu) próprio dito.

---

## XXXIII. O momento exato

No momento exato em que Saulo encerrava Julieta Cavalcanti para sempre sob a terra, pensei, mesmo sendo outras as variáveis e os acertos, as pessoas ali, e em qualquer lugar, moviam suas vidas sem que tal fato afetasse seus gestos cotidianos, assim como estariam fora de seu radar todas as ações do mundo que não aquelas às quais estavam submetidas, e então, no momento exato em que Julieta foi enterrada, e seus parentes, desolados, retiravam-se em fila pelo meu passeio central, a mulher do coveiro saía dos braços do amante para fazer a janta que o marido comeria com avidez, o prefeito despachava documentos em seu gabinete, a bibliotecária fechava as janelas e a porta da Caveirinha, uma cabra pastava rente ao meu muro sul, a filha do cabo Valêncio, Renata, fazia compras em Poços de Caldas, onde fora passar sua lua de mel, a jovem Beatriz, a quilômetros daqui, traçava mais uma reta em seu primeiro projeto arquitetônico — e embora amasse o pai (na minha perpétua 45), não pensava nele naquele momento —, naquele momento exato em que Julieta submergia em minhas terras, as pessoas, ao contrário, de posse de sua existência, continuavam a viver porque estavam em seu tempo de viver; com tônus baixo ou não, contentes ou tristes, distraídas ou atentas aos sinais de perigo, ouvindo ou não os clamores abafados da perplexidade que jamais abandona os vivos, desprovidas de entendimento ante o incognoscível, incapazes de regressar à paz uterina e se guiar pelo evangelho das coisas simples, cautelosas ou descuidadas com seu corpo débil, conscientes ou não de que naquele momento exato viviam apenas mais um momento, como todos os homens durante a sua temporada aqui o viveram — instante após instante —, nesse e nos demais tempos em que o tempo registra a jornada dos homens na Terra, no momento exato em que Julieta desaparecia para os seus e os nossos olhos, entre as pernas de uma mulher, na Santa Casa de Misericórdia de Cravinhos, deslizava, suja de placenta, uma nova vida, e nesse momento exato, a morte já colhia mais uma pessoa (sorte ou azar?) para levar consigo, e milhares e milhares de acontecimentos, fúteis ou relevantes, sucediam-se ininterruptamente pelo mundo afora, empurrando este mesmo momento, tão cheio de vida, para o passado — o passado, livro de folhas mortas que só pode ser aberto com o sopro das recordações.

## XXXIV. Pôr do sol

Um vento pode soprar com outro, não é preciso que este passe àquele a missão de mover as nuvens, ambos vão juntos e, enquanto seguem, conversam sobre o seu vagar pelo mundo.

Uma flor pode se aflorar no jardim em que a sua irmã, mais velha, despontou dias atrás e a acolherá como a caçula da família — não faltará assunto a despetalar entre elas.

Um lago pode se alagar pela presença de um novo lago que se faça ao seu redor, e, uma vez que estejam a se tocar, margens sutis, vão trocar também de águas.

Uma saudade pode se entreter com outra, sua vizinha na memória, embora nascidas de ausências distintas. Quando se conhecerem a fundo, é provável até que se tornem amigas, íntimas.

Um ano pode dialogar com o outro, ainda que verbalizem só umas poucas palavras, como soldados ao fazer a troca de guarda. Quando um chega, o outro se vai, e, nesse entremeio, o encontro se dá.

Um exemplo pode conviver com outro, como os citados, mesmo que tenham sido dados em linhas diferentes e sejam de variada espécie. Hão de se respeitar, pois cada um ocupa o seu lugar no meu imaginário.

Mas um pôr do sol não pode jamais conviver com nenhum pôr do sol, nem com o de ontem, nem com o de amanhã. Enquanto este existe, outro pôr do sol se foi ou no dia seguinte virá. Um pôr do sol é sempre só.

Também eu, que vou me dispondo (da vida), assim sou.

---

## XXXV. Substantivo e verbo

a garra
rasga

o bruto
bate

o grosso
agride

o rude
rende

o torpe
tolhe

a faca
fere

e eu?
eu te aguardo!

---

## XXXVI. Oração aos filhos

Na placa do jazigo 19, encontrei esta oração, que me fez pensar no homem lá sepultado.

Filhos:
A vós, eu dei o viver.
E, ao dar o viver, vos dei o morrer.
A vós, eu dei a terra.
E, ao dar a terra, vos dei a raiz.
A vós, eu dei a montanha.
E, ao dar a montanha, vos dei o abismo.
A vós, eu dei a casa.
E, ao dar a casa, vos dei a ruína.
A vós, eu dei o já.

E, ao dar o já, vos dei o ainda.
A vós, eu dei o sonho.
E, ao dar o sonho, vos dei a desilusão.
A vós, eu dei o hoje.
E, ao dar o hoje, vos dei o antes.
A vós, eu dei o começo.
E, ao dar o começo, vos dei o até.
A vós, eu dei o amor.
E, ao dar o amor, vos dei a saudade.
A vós, eu me dei.
E a vós, perderei.

## XXXVII. Novo ponto de vista para um assunto velho

O homem e o cão.

Amigos.

Mas, no passado secular, inimigos.

Até que os cachorros do mato, invadindo as cidades, foram domesticados.

Os cães atuais — incluindo os pastores alemães e os rottweilers presos nos quintais das casas, que ouço às vezes ladrar com ganas de ferir — perderam, como seus ascendentes, a capacidade de caçar, de matar para conseguir comida. Sem donos para alimentá-los, morreriam de fome. Dependem deles para sobreviver.

O homem e o cão.

Estranha amizade, amarrada à coleira da submissão.

## XXXVIII. Ainda cachorros

À diferença dos gatos, que sobem nos muros e se enroscam nas pernas dos homens, os cães são rasteiros e vivem à sombra de seus donos. Precisam encontrar portões de ferro com vãos largos por onde se enfiar, ou passar pelos meus, depois que Saulo os abre. Por vezes, uns cães aqui adentram, o que não me agrada: mijam na quina dos túmulos, defecam na grama dos canteiros e, principalmente, latem raivosos para os pássaros, despedaçando a minha placidez. Não sei que atrativos eles caçam onde só há monumentos de pedra e seus potenciais amigos estão debaixo da terra. A propósito, é provável que venham para lhes desenterrar os ossos — e não com o intuito de evocação fraterna, mas para roê-los.

## XXXIX. Igualdade

Ninguém detém o monopólio do sofrimento. Embora pareça ser monopolizado pelos pobres, pelos desvalidos e pelos ignorantes, o sofrimento guarda fatias equânimes para todos.

Desconfio que, até para os alegres, a vida é um peso no limite do suportável.

## XL. O meu Eclesiastes

Diferencio três tipos de tempo: o de viver, o de matar e o de morrer.

Tempo de viver momentos frívolos, esquecíveis, e alguns marcantes — feridas abertas de felicidade e suas respectivas cicatrizes.

Tempo de matar formigas e pernilongos — e também sonhos e esperanças (as próprias e dos demais).

Tempo de morrer, porque esse dia chega para todos, como chegou para a senhora que me trouxeram nesta tarde — a primeira vítima da pandemia na cidade.

---

## XLI. A mulher inaugural

Dela se dizia que era a maior fofoqueira de Cravinhos. Despertava cedo e saía para comprar pão para a família (o marido aposentado e a filha solteira) e, encontrando uma amiga, de igual índole, na esquina, que lhe dava alguma notícia, qualquer que fosse (em especial, um pedaço de conversa alheia), seguia passando-a para as demais, ao longo da manhã toda, como uma formiga que transfere grãos de açúcar às outras, acrescentando-lhes o ácido de sua mastigação. Ela estreou a área noroeste que me ampliaram às pressas, destinada aos mortos de covid-19, por ordem do prefeito (vejam a ironia), pois, mesmo acelerando as obras do cemitério novo, seria (e foi) mais rápido abrir um puxadinho ao fundo do meu terreno.

Dela se dizia que tinha o talento para, captando pedaços de conversa entre duas pessoas, colocar a argamassa do realismo no meio e levantar, no ato, uma história inteira. Sabia preencher vazios narrativos com a água corrente da ficção, salpicar pimenta em tramas anódinas. Qualidades tão imprescindíveis quanto as de um escritor. Confesso que me entristeci, enquanto a enterravam — em termos literários, senti que perdíamos, no âmbito da cidade, alguém do quilate de Machado de Assis. Mas, depois, me reanimei: havia outras em Cravinhos, que tinham aprendido com ela essa arte, e, na certa, incorporariam aos seus ensinamentos, como é natural, alguns traços estilísticos próprios. Reanimei-me também porque, apesar de já nascer confinado, ouvi o som alegre do alto-falante do Supermercado Joia, anunciando promoções imperdíveis e alertando os moradores (abastados, subentendi) para que acorressem ao estabelecimento e providenciassem o seu estoque de alimentos.

## XLII. O bloco

Se bem me recordo, a senhora fofoqueira veio para cá repousar logo depois do Carnaval, que, em idos distantes, na cidade, era restrito aos salões de bailes de clubes. Nos anos recentes, por incentivo financeiro do prefeito, a festa ganhou as ruas, com desfiles noturnos pela avenida principal e blocos de foliões concentrados em praças de bairros.

Ela foi o abre-alas do bloco das vítimas da pandemia, que se espraiou, dali em diante, pelas minhas alamedas, desde a central até as colaterais. Entre a concentração e a dispersão, que já dura largo tempo, nenhum fragor de banda, de carro de som, de trio elétrico — tão somente a harmonia recorrente do pranto e do silêncio.

## XLIII. Substituição

Se bem recordo, também em fevereiro, perto do Carnaval, o Circo do Palito aportou no descampado, não muito distante das minhas adjacências, o mesmo que, noutros tempos, serviu para aquele outro circo, cujo palhaço está comigo há décadas, abaixo da terra e no alto de minha memória.

O circo permaneceu apenas alguns dias em Cravinhos, mas trouxe alegria para essa gente, a julgar pelas músicas em alto volume, pelas gargalhadas e pelos aplausos que vinham do interior de sua lona — substituídos, um mês depois, com a chegada do vírus, pelas lágrimas e pelos soluços.

## XLIV. Recorde

A chuva regou a madrugada.

Ao despertar, vi as folhas do meu velho ipê lavadas pelas águas, reluzentes ao sol, o Pico do Selado sob o céu alvo, de banho tomado, a paisagem urbana lá longe, nítida e fresca — parecia, mais uma vez, a primeira manhã do mundo.

O aroma vigoroso e prepotente dos eucaliptos pairava no ar. Associei-o ao asseio, à natureza viçosa que exultava, aos espaços lustrados pelo vento.

Mas essa saudável imagem de limpidez se desfez quando escutei, pelo rádio de Saulo, a notícia de que, nas próximas horas, o país poderia atingir 500 mil mortes por covid-19.

## XLV. Contribuição

Como era esperado, participei desse recorde.

Ao longo do dia, recebi quinze mortos, número bem acima do normal.

Quando anoiteceu, deixei-me contemplar a lua, tão plena e prateada, pensando na minha pequena contribuição para o gigantesco pesar da humanidade.

## XLVI. Média

Retomo forçosamente, em virtude da pandemia, o pretexto motivador daquele meu distante "capítulo com números", então relativo à idade com que chegam meus habitantes. Agora, contudo, os algarismos me levam a outro tipo de estatística.

Refiro-me ao número de sepultamentos diários — que, em mim, ronda, nos últimos anos, de 2 a 3. Ou, seja, são de 85 a 90 mortos por mês, para ser fiel à exatidão. Há dias que vivo sem movimento algum, mas, para compensar, em obediência a essa contabilidade local da morte, em outros chegam de 4 ou 7 novos residentes. Bem menor era a quantidade décadas atrás, na minha infância e juventude, quando Cravinhos, sob a monocultura de café, não atraía tantos migrantes.

No momento mais trágico da pandemia, o volume atingiu a marca de 12 mortos por dia, uma média de 300 ao mês. Sei que os vivos não gostam de ser tratados como números. Não sei quanto aos mortos. De qualquer forma, a intensa agitação perturbou o grande sono dos meus velhos moradores.

---

## XLVII. Espécime raro

Meses atrás, o prefeito decretou o confinamento, seguindo as determinações do Governo do Estado. Somente alguns estabelecimentos públicos e de serviços privados essenciais foram mantidos abertos; a "minha biblioteca", obviamente, foi lacrada. Habituado àquele trânsito de leitores, vi-me mais solitário, não fosse o volume maior de sepultamentos.

Lembrei-me de que, antes da quarentena, flagrei uma conversa entre a bibliotecária e uma senhora, que, estando ali pela primeira vez, elogiava a existência daquele acervo dentro de um cemitério. A bibliotecária lhe informou que a Caveirinha era, então, exemplar único no país: a Biblioteca Comunitária Caminhos da Leitura, sua legítima inspiração, criada na casa do coveiro do Cemitério Colônia, no bairro de Parelheiros, em São Paulo, tinha sido fechada. Entristeci. A notícia ecoou como uma morte (humana) em minha alma.

---

## XLVIII. Coro dos negacionistas

... é só uma gripe, uma gripezinha, e, como outras, pode sarar ou matar, e, se matar, terá proporcionado a cura definitiva para o doente, assim ele não sofrerá com mais nenhuma moléstia, é só uma gripe, a espanhola dizimou boa parte da população mundial, e não há por que lamentar, é preciso, em todo e qualquer tempo, que as pessoas morram de alguma causa, é justo que haja períodos em que os mortos sigam em caravanas, em expedições numerosas, em barcaças sobrecarregadas pelos oceanos, pragas e guerras são essenciais para a demografia, são agentes congênitos, sabemos, que preservam a espécie humana, é só uma gripe, uma gripezinha, que uns morram, que outros sobrevivam, que uns permaneçam para chorar os que se foram, e os que se foram permaneçam na lembrança, há gente demais para alimentar, para cobrir o corpo, para possuir um celular, a redução astronômica da população às vezes se faz necessária, uma mosca que morre é um sapo que come, um sapo que morre é uma cobra que come, não cabem todos os sonhos no metaverso do planeta, é só uma gripe, uma gripezinha, e o mundo segue, respirando, tanto faz se trabalhadores perderão emprego, se fabricantes de máscaras vão se locupletar, se novas variantes do vírus se disseminam, tanto faz se já existam vacinas, se os vacinados só terão sintomas leves, pouco importa se milhares de homens se asfixiaram, e outros milhares não se asfixiarão, há milhares de outras formas de ceifar a vida, o que não pode faltar é o ar da morte, o ar da morte que nunca negamos, o ar da morte que, soprando a cura, nos trouxe para cá...

---

# XLIX. Amostra de meu censo demográfico

... não importa se ele tinha só 11 amigos (número raro de se obter até numa vida extensa), se ficaram promissórias pendentes, se era solteirão e se foi com 65 anos, se inventou o emplasto, se era virgem, se teve inúmeros amores, se morreu de difteria, tétano, fome (ainda se morre assim por estes cantos), se tinha pós-graduação em onanismo, se era doce, se era rude, se conheceu a Islândia, se cruzou o cabo Horn, se teve orgasmos múltiplos, se palitava os dentes, se sofria de hemorroidas, se sonhava com dinossauros (e, quando acordava, eles ainda estavam lá), se fazia geleia de amora, se bebia vinho, se culpava a todos (menos a si) pelas suas mazelas, se perdeu a mãe no parto, se roubou miçangas, folhas de papel almaço e esperanças, se gostava de sodomia, se chorava com facilidade, se o chamavam de manteiga, se a apelidaram de Colosso de Rodes, se não se dava com os filhos, se não se dava com os pais, se não se dava com ninguém, se dava como Geni para todo mundo, se era perverso, se era nefasta, se era transsexual, metrossexual, assexual, se lamber sim, se morder não, se falseava o currículo, se difundia mentiras, se o pai a espancava, se a mãe o mimava, se o irmão a seviciava, se a noiva o enganava, se ganhou na loteria, se perdeu tudo num incêndio, se, se, se, se, se, se, se, não importa, não há mais se, só o que foi, e agora o que é, e o que é, você sabe, é só a falta, o jamais, o sem sentido, a bolsa de ossos deslocada para dar espaço aos ossos de outro, isso sim importa, controlar a população dos jazigos, não acumular restos mortais por muitos anos, liberar vagas para os que não cessam de chegar, e se foram famosos, ilustres, desprezíveis, não importa, não importa...

## L. Átimo

Vi hoje, tão logo a chuva cessou, um arco-íris. Não sei o que dizer a respeito: uma de suas pontas se insinuava no descampado, perto de mim, e, desenhando o semicírculo no horizonte, encontrava a outra, lá adiante, sobre o casario da cidade. Atraiu-me a atenção, especialmente, para onde ele começava e onde terminava. Pensei numa metáfora (influência da biblioteca!), mas, o arco de cores, tão bonito, em questão de segundos, foi desbotando, desbotando — e se esvaneceu.

---

## LI. De uma ponta a outra

Mais tarde, por uma conexão mental, associei ao corpo do arco-íris a virtude da senhora fofoqueira. E, tendo agora afeto por ela, renuncio a esse adjetivo, tomado de empréstimo, e o troco por inventiva, que melhor condiz (condizia!) com a sua genialidade para a fabulação. Como afirmei, ela era perita, partindo de palavras soltas, em traçar toda uma curva narrativa e conduzi-la a um desfecho coerente, ou fantástico, desde que, no caminho, tivesse persuadido outras pessoas a acreditarem em sua existência concreta. Sabia, a inventiva senhora, "atar as duas pontas da vida". Aliás, não recordo de onde me veio essa expressão.

---

## LII. Ponto de vista

Quando vi o arco-íris, fiquei preso à sua espantosa presença, imantado em suas sete cores e, sobretudo, repito, em suas extremidades. Desprezei a visão periférica, mas, esclareço, havia, completando o quadro, uma nuvem ao fundo, maciça, embora suas bordas indicassem que, em breve, se esgarçaria. Sem o que fazer, cogitei de me colocar em sua posição.

Como uma coisa semovente, a deslizar no céu, observaria outra, séssil, inteiramente atada à terra? Como algo que se dissipa logo se sente em relação a seu oposto, de longa duração?

Só consegui imaginar que a nuvem teria piedade de mim, da minha vida paralítica. Mas, em algum momento, ela desejaria uma pausa e, também, aumentar o tempo de sua vaga existência. Do meu ponto de vista, deve ser decepcionante viver tão pouco, como nômade, sem criar laços duradouros; por outro lado, às vezes eu sonho sair destas margens e me dispersar, em segundos, como a neblina ao sol da manhã.

## LIII. Neblina

Houve uma manhã, contudo, em que a neblina tardou para desaparecer. Pairou tão espessa e gélida, durante as primeiras horas do dia, que enevoou toda a região, vestindo com sua densa alvura as ruas de Cravinhos, as plantações e os campos das cercanias. Foi como se o mundo tivesse se transformando num imenso e grosso lençol. Eu mesmo mal podia discernir as minhas alamedas, as árvores, a capela, e, só muito depois, distingui uma cintilância no arabesco de bronze de um dos meus jazigos. Devaneei, julgando, por semelhança, que o nevoeiro representava um homem. Ele descia sobre uma casa, ou uma empresa, ou um país, obnubilando, com a fumaça branca, a realidade de sua gente, tornando o concreto invisível e impedindo o movimento de todos, a ponto de ninguém perceber o engodo de seu vapor. Mas, ele, como qualquer neblina, mesmo perdurando muito, de repente também se extinguia.

---

## LIV. O vento

Vêm no dorso do vento, todos os dias, papéis que esvoaçam, voejam e, por fim, caem sobre mim, como folhas secas. Às vezes, engastalham na boca dos vasos, nas cantoneiras das tumbas, nas leiras de relva que separam um sepulcro do outro. São santinhos de candidatos a vereador, rótulos de balas, embalagens de cigarros, calendários velhos, jornais amarelados, guardanapos com marcas de batom, lenços sujos, folhetos promocionais de açougues, padarias, casas de autopeças e imóveis, pelos quais tomo conhecimento dos preços dos gêneros de primeiras e últimas necessidades, das notícias locais e de assuntos que não me interessam. Outro dia, redemoinhou perto de minha mangueira um folder personalizado do novo cemitério ("em obras aceleradas") com os planos de compra de jazigos, para futuras "famílias enlutadas", de uma a seis gavetas exclusivas ("maior flexibilidade para inumação e exumação") e as respectivas "condições especiais de pagamento", em até sessenta "suaves prestações". Refleti demoradamente sobre meu "irmão", talvez como um homem reflete sobre outro, comparando alguns de seus atributos — a estatura, a beleza, a inteligência. Quando ia reler o folder, para tirar minhas conclusões definitivas — aprendi com os frequentadores da biblioteca a relevância da releitura —, o vento, solerte, o arrastou, deu a ele asas e o soprou para longe. Refleti, então, sobre o vento, que, se traz, também leva os folhetos, as penas, a poeira. O vento só move o leve. Faz o papel da vida (que vai) e o da morte (que vem).

## LV. Cultura letrada

Com os frequentadores da biblioteca, aprendi, também, outros valores artísticos. Não que me seduza a cultura letrada de *per si*, mas algo sempre podemos incorporar em nosso sistema de crenças — ou de descrenças. Não me motivo a listar meus novos conhecimentos literários, nem a citar escritores e obras que reputo admiráveis. A quem interessaria?

No entanto, não posso omitir um fato desconcertante (mesmo sem interessar a ninguém), pelo inegável assombro que me causou.

À porta da Caveirinha, uma jovem leu, em voz alta, trecho do romance *Finnegans Wake*, de um tal James Joyce.

Pareceu-me outro idioma, não entendi nada. Em absoluto.

O que, convenhamos, também é irrelevante.

## LVII. Medula

Tempos atrás, numa rua transversal, aqui perto, pegado a uma casa simples do bairro, surgiu um disque-pizza, que ora continua em funcionamento. Durante o dia, permanece de portas fechadas; no meio da tarde, uma caminhonete entrega fardos de lenha, que vão alimentar o forno do início da noite até altas horas. Jovens contratados pelo dono se revezam, em suas motos ruidosas, para fazer as entregas — e esta é a única ressalva que faço, não por mim, mas pela minha gente. Os pedidos, principalmente nos fins de semana, são numerosos, a barulheira das motos e o vozerio são intensos, e foram amplificados no período radical do confinamento, quando quase ninguém saía às ruas. Os entregadores corriam risco diário de se contaminar, e foi o que aconteceu com um deles, o mais robusto e de explícito sobrepeso: toda vez que passava à minha frente, parecia grande demais sobre a moto, que ia lenta, gemendo, os pneus debilitados. Segunda vítima do vírus, ele morreu, um moço, em questão de dias. O prefeito havia proibido velórios e enterros, e, no começo da peste, houve casos de pessoas morrerem à noite e, pela manhã, já estarem em minhas terras, a sete palmos, pelas mãos de Saulo e de um moço (chamado na ocasião para ajudá-lo).

Fora da vista da lei — que tem mil olhos ou é cega —, uma senhora acompanhou o seu sepultamento. Pelo corpo roliço, descobri que era a mãe. Altiva, secava os sulcos de lágrimas que desciam pelo rosto com um lenço florido. Observei-a durante o trabalho de Saulo, e um raciocínio me deteve: os homens estão o tempo todo a fazer algo, perfazer, refazer, para dar valência, dia a dia, à extensão da própria vida. Mas aquela mãe — e tantas outras —, estática em seu sofrimento, não podia fazer nada. E não poder fazer nada é talvez uma dor maior do que a perda. Ela não podia fazer nada, exceto deixar o corpo gordo e carnudo da saudade ir, aos poucos, se decompondo, até seu vazio chegar ao osso, e, no osso, atingir a medula, e, na medula, aguardar que o tempo continuasse a sua ação de desfazer. Sem pressa. Porque o próprio desfazer, uma hora, em pó se desfaz.

---

## LVIII. O agente funerário

Em todos os sepultamentos das últimas três décadas, ele esteve presente. Não porque fosse o dono da única funerária da cidade — por vezes, um e outro de seus funcionários conduzia o rabecão e se postava diante do sepulcro até que Saulo (e dois outros coveiros, que o antecederam) fechasse a campa e os familiares em luto se afastassem. Dava-me a impressão de que vinha por impulso espontâneo, maior seria o comprimento de suas ondas (de compreensão do mundo), ou talvez soubesse algum segredo, alguma verdade oculta (que o impulsionava a agir com reverência à vida).

Gostava de vê-lo calado, e, ainda que fosse verão e não trajasse terno, sua postura era, a um só tempo, discreta e elegante; seus gestos, naturais e sem esforço. Gostava de vê-lo ir embora por último, como um exemplo de deferência para com os familiares inconformados e de retidão para com o falecido. Gostava de seu jeito reservado e amável — ele, mais um que a pandemia levou.

E agora, gosto, gosto, gosto muito de tê-lo comigo.

---

## LIX. Formigas

A referência que fiz à conduta da fofoqueira, passando para outras pessoas (não apenas mulheres, acrescento, os homens são iguais na arte de bisbilhotar) as notícias falsas, os boatos e mesmo as informações verdadeiras, como ocorre com as formigas e os grãos de açúcar, impeliu-me a gastar umas linhas com elas, em geral, e com as formigas cortadeiras, em particular. Também me veio a ideia de ser generoso, discorrendo sobre outras espécies que circulam e vivem por aqui, as formigas de-fogo, as carpinteiras, as loucas, as faraós e as fantasmas — estas duas últimas mantêm comigo, pelo nome, uma relação semântica.

Contudo, apesar de conhecer a notável maneira como vivem socialmente, convenci-me de que não produziria senão uma página miúda, tanto quanto elas, na minha história. Então, desisti. Passo para a frente o mote, como um grão de açúcar, a quem queira dar sequência ao tema. E, se lhe apetecer, com a devida acidez da mastigação.

---

## LX. Torneira

A torneira de minha ala oeste amanheceu com vazamento. A água não saía aos borbotões, o que seria desperdício maior, mas o seu gotejar contínuo me irritou, não pelo som renitente, e, sim, porque eu nada podia fazer, só assistir ao seu fluxo vagaroso.

Por sorte, e para minha surpresa, Paulo, que não é de reparos — sabemos que seu trabalho é esconder da vista de todos o que não tem mais remendo —, passou por lá, notou o problema, buscou a caixa de ferramentas, e, depois de desmontar a torneira, mesmo sem o tirocínio de um encanador, conseguiu consertá-la.

Restou-me aguardar, impassível, o sol secar a água, que já descera por uma de minhas alamedas, bordejava uns túmulos e se infiltrara na base de um mausoléu, já invadindo a sua cripta — que haverá de demorar para se livrar da umidade.

Esse fluir da água, e, em seguida, a sua interrupção, molhou a minha memória, e, nela, rebrotou a expressão que empreguei anteriormente, referindo-me à "pressa dos rios" e à "paciência das margens". Pois é, que sei eu de rios e margens? Só sei o que são, rios e margens, pelas águas do meu imaginário — que também é um transbordamento da fantasia para a realidade. E se da pressa entendo pouco, de paciência sou vertido até o topo.

## LXI. Quadrilha

E porque voltei os olhos para minha ala oeste, onde ocorrera o vazamento d'água, demorei-me ali num trecho de túmulos e fiz uma pequena pesquisa sobre os mortos — puramente para me distrair, sem abrir a artéria da paródia, tampouco tomar da pena da galhofa; afinal, o assunto deságua numa corrente séria de vínculos, que me parece curiosa, na falta de justo qualificativo. Não dou aqui o nome dos mortos, mas o seu ofício, e a relação de um com o outro em vida — além, entre parênteses (na esperança de não prejudicar esse fluxo de leitura), do número do jazigo onde estão enterrados.

O pedreiro (12) foi aluno da professora (17), que se casou com o advogado (17), que teve um caso com a funcionária da Caixa Econômica Federal (13), que foi amiga de infância do açougueiro (15), que jogava futebol com o dono da loja de autopeças (22), que morria de amores pela cozinheira (19), que namorou o pai do pedreiro (12), que moveu um protesto trabalhista contra o fazendeiro (19), que era amigo do fotógrafo (14), que não conhecia o velho marceneiro (21), que morreu no mesmo dia que a cabeleireira (11), que fazia luzes e penteados exóticos na mãe da professora (17), que amava o leiteiro (10), que era vizinho de Saulo, que, por ora, sabemos, está vivíssimo e enterrou todos eles.

Um dia, dispondo de arroubo e paciência (porque tempo me sobra, posso até desperdiçá-lo como a água da torneira quebrada), vou ampliar o exercício, abrangendo todo meu território. Estou seguro de que a rede de conectivos desenhará um emaranhado estupendo. Aliás, suponho que a "quadrilha do mundo" deve resultar numa tapeçaria excepcionalmente complexa: para os místicos, uma teia perfeita do destino; já pelo meu ponto de vista, um cipoal sem utilidade alguma para os mortos (e menos ainda para os vivos).

---

## LXII. Solilóquio de um noivo arrependido

... eu não disse a ela, quando descobri que era a hora madura de lhe dizer, não que fossem palavras inéditas, ou que forçassem uma guinada na sua vida, nenhuma é tão grandiosa na escala humana, eu não disse a ela, porque naquela noite ela estava com sono, no dia seguinte eu saí cedo para o trabalho, porque ela queimou a mão com água fervente, porque era Carnaval, porque era Quarta-feira de Cinzas, porque ela fazia aniversário, porque ela ganhou o sapato que não lhe serviu, porque a roupa dela rasgou no arame farpado, eu não disse a ela, porque estavam soltando foguetes para comemorar a vitória do nosso candidato na eleição presidencial, porque tínhamos perdido a eleição, porque encontrei Maria Cândida no hospital, porque tivemos de levar Camões ao veterinário, eu não disse a ela, porque choveu dez dias seguidos, porque foi noite de superlua, porque ela estava exausta, triste, alegre, desanimada, porque era época de reprodução das aleluias, porque eu distendi o tendão, porque ela comeu pizza demais, porque mudaram a mão da nossa rua, porque proibiram a circulação de veículos em frente à Igreja Matriz, porque liberaram a circulação de veículos em frente à Igreja Matriz, eu não disse quando deveria ter dito, porque ela estava atrasada, porque a mãe dela morreu de covid-19, porque a resistência do chuveiro pifou, porque o verão terminou, porque não era fácil dizer, porque era só dizer, eu não disse a ela, e ela, às vezes, me mirava, como se soubesse que eu tinha algo a lhe dizer, e por tantos outros motivos, eu não disse a ela, porque era cedo demais, era tarde demais, porque ela não sabia que eu estava doente, porque ela sabia que eu estava doente, porque podia lhe dizer a qualquer hora, porque eu podia lhe dizer amanhã, eu podia lhe dizer agora, eu podia lhe dizer, mas eu não disse a ela, e, de repente, quando ia dizer, quando as palavras saíam do canto de minha boca, como um fio de baba translúcido, eu, de repente, contraí o vírus, vim parar neste lugar, e na lembrança dela, mas na lembrança dela eu não disse o que eu ia lhe dizer, eu não disse a ela e jamais poderei dizer.

## LXIII. Exumação

Pergunto-me se trazer este relato à luz (agora, de novo, em direção ao escuro) não foi uma espécie de exumação que permiti à minha própria memória, desfiando, como um novelo, lembranças — felizes e aflitivas — mais fortes (ou por mim vitaminadas) do que as braças sufocantes do esquecimento. Como afirmei no início, tive minhas razões (e meus sentimentos) — e, diferentes de outros que, por meio judicial, reclamam a exumação, para cremar os restos mortais, mudar os ossos de lugar, e, sobretudo, reparar algum engano, no meu caso, as razões se originaram de forma espontânea. Até porque o meu ponto de vista (fixo) sobre o assunto é o de que, por ser rara, a vida não tem reparo. Muito menos o que dentro dela já foi enterrado.

## LXIV. Desconhecimento

Exumando a mim mesmo, sem a devida ciência, lamento desconhecer o que é conviver de perto com outra terra, capaz de me proporcionar o prazer (e a dor) na gradação que não posso autoconseguir. Noto, pelos vivos que vêm se despedir de seus mortos amados, que só a convivência com o semelhante lhes oferece uma travessia menos egocêntrica. A alteridade extasia e atordoa. Mas tem o poder de alçar o indivíduo a uma dimensão superior. Lamento por não ter uma companheira, um filho, um amigo. Desconheço o que é o amor verdadeiro — e sou obrigado a continuar, sabendo que jamais o provarei.

## LXV. Ressurreição

Não, não pense que vi algum de meus moradores, depois de acomodado em seu leito subterrâneo, ressuscitar no primeiro, segundo ou terceiro dia. Ninguém, em toda a minha vida a serviço dos mortos, como abrigo e cadinho de transformação de seus corpos, produziu um fenômeno dessa natureza sob a minha vigilância. Mas o milagre de Cristo, exercido sobre si e, depois, oficiado em Lázaro, relampejou em minha mente, a propósito da reabertura da Caveirinha — com a mitigação da pandemia e o retorno à média de sepultamentos mensais —, que me impôs o seguinte juízo, metafórico:

Qualquer biblioteca fechada se assemelha a mim — é um cemitério, de histórias, saberes e ensinamentos então inumados nas obras. Mas bastam dois atos para nela promover um sem número de renascimentos: o primeiro ato é abrir a sua porta; o segundo, escolher um livro e iniciar a leitura. Das páginas de cada livro, uma célula do mundo humano ressuscita; a narrativa de uma existência que ele contém, escondida, soterrada, está sempre à espera de mãos miraculosas para, no ato de folheá-las, reproduzir o hálito da vida.

A recíproca é facilmente comprovável: eu, um cemitério, sou igual a uma biblioteca. O dia nasce e os meus portões se abrem. Um homem entra, escolhe uma sepultura e, diante dela, ressuscita a história de uma vida que, em suas profundezas, hibernava para sempre.

---

## LXVI. Sei o principal

Não sei o que é ter fome e sede e, depois, saciá-las.

Não sei o que é ter sono, dormir profundamente e, então, despertar.

Não sei o que é sentir frio ou calor.

Não sei o que é uma carícia, uma mordida, um tapa.

Não sei o que é ter pele e sentir na pele outra pele.

Não sei o que é gritar de alegria, de raiva, de indignação.
Não sei o que é amar e ser (ou não) amado.
Não sei o que é prazer carnal nem desprazer.
Não sei o que é ascensão, glória e decadência.
Não sei o que é castração, esterilização, gravidez.
Não sei tantas coisas que regem a vida humana.
Mas sei o que é dor.

---

## LXVII. Até quando será assim?

Até quando o vento se mostrar invisível e sua presença for detectada pelo nosso tato. Até quando o cume da montanha continuar à espera das nuvens, que vagarosamente estacionam, para perfurá-las. Até quando os sonhos dos homens — essas outras nuvens! — não se espatifarem ante os rochedos. Até quando os laços, tornados nós, não se desfizerem em mãos exímias na edificação das ruínas. Até quando os ombros, fortes e rijos, não se tornarem escombros e suplicarem amparo. Até quando a alegria não for prenúncio da dor, e a dor não for o desejo de sentirmos pulsar, novamente, a cicatriz da alegria. Até quando nos olhos infantis não mais luzir o encanto. Até quando as palavras não estiverem mais verdes para dizer o que, de fato, queremos dizer. Até quando a esperança não for quebradiça como unha, mas forte como garra. Até quando estivermos no mundo, apenas existindo, sem necessidade de explicação e livres de qualquer entendimento. Até quando a música, como uma rede, embalar nossas lembranças no manancial (sem bordas) da memória. Até quando houver alguma migalha de tempo — e a consciência estiver acesa, como uma fogueira, embora mais para cinzas do que labaredas. Assim será, até quando essa vontade de ficar for o único ganho que a vida concede, para amenizar o que ela é — uma dádiva concedida unicamente para se perder.

---

## LXVIII. Das desaprendizagens

Intitularia estas linhas a seguir de "capítulo das negativas", mas já existe um naquele romance célebre, cujo narrador, póstumo, recorda os "nãos" vitais, que consagraram a sua história. Para evitar celeuma, até porque há fundas discrepâncias entre minhas memórias e o exemplo em questão, opto por focar a negação de ensinamentos num tempo úteis, mas, daqui em diante, para mim, irrelevantes.

Hora de desaprender a recordar (para fugir, enfim, da escravidão das lembranças, da qual ainda não escapei), de desaprender a me condoer com uma condição impossível de me livrar, de desaprender a inserir comentários ao fim de cada relato.

Hora de desaprender tudo que aprendi sobre os homens, e ter por eles, quando vivos, compaixão e ternura, ao recebê-los aqui, em sua morada eterna.

Hora de desaprender a usar a palavra na tentativa de dizer o que é indizível, inaudito e intraduzível da língua da terra para a da carne.

Hora de desaprender a não mais me deter no início e no meio do novelo de minha vida, mas constatar em meus dedos o seu fim — e puxar, a seu tempo, o fio, com máxima atenção, até a outra ponta, para que acabe.

Hora de desaprender a comandar as palavras (sempre desobedientes), despedir de mim e de vocês, e de silenciar, como todo território sagrado, a sua existência profana.

---

## LXIX. Das afirmativas e interrogativas

Sim para a vida cotidiana (ou existe outra, superior e melhor para desfrutarmos?). Sim para todos os que batem ao portão, pedindo guarida (por que eu deveria impedir a entrada de alguém?). Sim para o sol, a chuva, o vento, a névoa (como proibir o que está acima de mim e não precisa de licença para existir?). Sim para dizer de outra maneira o que já foi dito (a vida de uma pessoa não é a repetição de outra, anterior, com o mínimo de diferença?). Sim para as formigas, as borboletas, os vaga-lumes e as metáforas (as formigas, as borboletas, os vaga-lumes, além de ser o que são, também não são metáforas?). Sim para quem sou, mesmo que me desagrade (ou há outra alternativa senão aceitar a vida que tivemos, que foi o que foi, antes que termine?). Sim para este capítulo, que poderia ser maior, acrescido de outras afirmações, ditas antes ou não, mas que não é maior (e, por isso, não é prova de que os sins escolhidos, como os dispensados, são afirmações do não?).

---

# LXX. Cadeiras

Do outro lado da rua, diante de meu portão principal, surgiram algumas casas, expansão previsível do bairro da Vila Cláudia. E não de um dia para outro; demoraram meses, construídas de forma sorrateira, sem alarde — por consideração de seus donos aos mortos ou medo deles, não sei.

Mas sei que ninguém gosta de se instalar às minhas voltas, e talvez por não ter outra saída foi que os moradores vieram ocupar essa parte ainda vazia. Há vantagens: caso morram em seu próprio reduto, basta atravessar a rua no caixão para estar comigo, e perto dos familiares, que, se quiserem, antes de seguirem para o trabalho, podem até passar por aqui e dar a eles um bom-dia. A desvantagem está em me ver diariamente, flertando com meus muros, com a ponta dos túmulos que os transpõem, e a conviver com a atmosfera fúnebre. Uma vez mortos, continuarão próximos das pessoas que os amavam (ou os odiavam, nunca se sabe).

Os moradores de uma das casas — um casal de velhos — costumam levar cadeiras de plástico, brancas, encardidas, para a calçada, e nelas se sentam pela manhã e à entrada da noite, a observar o trânsito, o desenho das nuvens no horizonte, a minha presença quieta (e, talvez, opressiva). Interessei-me por ambos: já fiz até os cálculos de quando será a transferência de cada um para o meu quadrado — 654 dias o marido, 1.345 a mulher —, mas me entedia apanhá-los sempre nos mesmos atos: ele acende o cigarro, lê trechos da *Bíblia*, depois cabeceia de sono; ela faz crochê e, entre uma pausa e outra, fecha os olhos e também cochila.

O que mais me atrai, no entanto, são as cadeiras, que, por vezes, antes de dormir, eles se esquecem de recolher e ali ficam, ao relento, sob a luz do poste, me flertando na escuridão, com seus assentos deformados, seus pés tortos, seus braços desmilinguidos. Exercem sobre mim simpatia, são produtos do engenho humano que vetou a elas o direito de seu autodestruir. Filhas da servidão, aguardam que o tempo, a seu tempo, as corroa, sem ter uma morada pós-morte, como a de seus criadores.

## LXXI. Mortalhas

Não só objetos, como cadeiras, mas muita gente, eu suponho, se desfaz insepulta por este planeta afora, coberta apenas pela invisibilidade. Ao léu, a sua mortalha é o vazio aéreo que se esgarça entre o solo e a cúpula do horizonte.

Dias atrás, um jovem deixou, sobre o túmulo de Julieta Cavalcanti, um ramalhete de margaridas e mosquitinhos, fez uma oração rápida e foi embora. Mas, enquanto ele rezava, reparei em suas feições, pareceram-me conhecidas; apertei a memória e saiu-me, de um jato, o rosto do velho chaveiro de Cravinhos, aquele que reuniu o maior cortejo de enlutados — e, no ato, julguei que fosse seu neto, ou bisneto, embora não tenha me interessado, em seguida, por adivinhar qual a sua relação com a moça suicida.

Ative-me, sim, a pensar nos portões do céu, se eram democráticos, se viviam se abrindo, como os meus, para todos. Se eu abrigo um e outro indivíduo cruel — a cidade é pequena, apesar de nem sempre a lei da proporcionalidade se aplicar, às vezes, num mero quadrado, se juntam mais seres abomináveis do que num quilômetro —, por que gente maligna não encontraria acolhida no céu? Por que, se o reino do Senhor é o da remissão dos pecados, haveria quem lá não seja bem-vindo? Por que uma linha não só grossa, mas grosseira, não pode passar, também, pelo buraco da agulha? Então as dobradiças do paraíso são azeitadas pela intolerância e só se movem para os homens de bem?

O céu paira, como um sudário, sobre este pedaço de terra que sou. O espaço entre mim e ele é uma imensa porta por onde passa, sem pedir licença, a nossa (dos homens e, portanto, a minha) vã filosofia.

---

## LXXII. E o meu futuro?

A ventania me trouxe, neste domingo, um exemplar do *Jornal de Cravinhos*. Talvez tenha escapado da mão de alguém, ou levantou voo da soleira de uma porta onde foi jogado. Veio voluteando até minhas imediações, e, ao dar uma cabriola, caiu à sombra da magnólia. A notícia sobre a reabertura da Caveirinha me alegrou, claro, embora estivesse na página três, sem muito destaque, ao lado, aí sim, de uma matéria maior sobre o novo cemitério: o prefeito, entrevistado, afirmava que as obras seguiam em ritmo veloz, obedecendo ao cronograma, e em questão de dois meses, no máximo, o Cemitério do Pedregal seria entregue à comunidade e a toda a região. Nos últimos anos, vários condomínios residenciais surgiram em Cravinhos, cujos moradores trabalham em cidades vizinhas — Ribeirão Preto, Bonfim Paulista, Serrana —, e atraem para cá, por amor ou por negócios (às vezes por ambas razões), pessoas de lá, que, um dia, como todos, morrerão.

Em vez de me sentir menor, com a perspectiva de ser relegado a uma segunda opção, penso que dividir com outro campo santo a demanda futura, provavelmente crescente, me levará a uma condição auspiciosa: terei menos movimento diário e mais horas de introversão, o que muito me agradará. E, deixando de lado qualquer laivo de concorrência (se isso é possível), sei que há paridade entre o tamanho da população de um lugar e o espaço para abrigá-la *pos-mortem*, e me vejo, assim, como o irmão mais velho do Cemitério do Pedregal — que terá a vantagem comum aos caçulas, mas, ao mesmo tempo, jamais conhecerá o mundo no qual eu nasci e que só persistirá comigo — embora esse saber não vá lhe fazer falta. Há cidades com cinco, seis, sete campos santos, e eu, que vivo tão solitário, devo mais é me contentar, pois farei parte, em breve, de uma irmandade local.

No entanto, não sei se meu futuro será melhor — para ser melhor, é preciso comparar duas eras, o que é impossível —, principalmente para quem sente a vitalidade minguar, como efeito da idade. Aliás, aos velhos, o tempo reserva apenas doenças — e quase nada de bom, não obstante a demência, forte pré-requisito para a transferência de pessoas para cá, possa ser um alívio, um fim de vida sem a consciência do pior trecho da travessia.

A ventania soprou o jornal lá para fora. E eu continuo pensando nesse meu irmão, cujo parto logo mais se dará. Meu pensamento esvoaça para Caim e Abel — e o desfecho entre eles. Daí me vem esta derradeira comparação: cemitérios não podem agir como Caim, nem contra seu irmão Abel, nem contra si mesmos. Não podem se dar fim pelas próprias mãos. Para mim, e também para o Cemitério do Pedregal (que nem nasceu ainda), a vida é uma ordem. Os homens têm a opção de interromper a sua jornada. Eu, criação deles (como as cadeiras), não.

## LXXIII. Bendita

A vida é uma ordem. A vida apenas, sem mistificação. E, mesmo que demore, o tempo há de me livrar da perenidade. O tempo aviva e, depois, arruína absolutamente tudo neste mundo. Cidades e mais cidades dos mortos, ao longo dos últimos séculos, morreram, vítimas de terremotos, enchentes, guerras. Nada está imune ao crescimento e posterior deterioração causados pelo tempo. Só a morte não morre. Bendita a morte, que é o fim de todos os milagres. Aguardarei com tédio e serenidade a minha. E como, de preferência, seguindo à risca as estatísticas, a morte escolhe os mais velhos, eu, com meus 70 anos, tenho forte razão para me animar.

## LXXIV. Noite a noite

Por hora, tenho de seguir no meu dia a dia. E no meu noite a noite. Aliás, a noite me inspira. A noite ondula no dorso do gato (outro Sultão?) que anda acima dos meus muros. É úmida e ruidosa, ao cair como a chuva. A noite copula com o escuro. Incendeia aos poucos (e definitivamente) o ânimo das trevas. A noite se desdiz nas réstias de velas que em mim crepitam. Enfurna-se, mesmo se houver sol, nas frestas das covas. Instaura-se no limo da luz. Profana a cor das frutas. Implanta-se, sorrateira, no jardim. Dissemina-se nas profundezas do solo como semente negra. Serpenteia no deslizar subterrâneo dos vermes. A noite se amolda aos espaços igual a água nas gretas. Jorra, indiferente, da garganta do tempo. Torna-se líquida e se irriga da seiva das árvores. A noite é o parto de um dia mais — que se atira, sem querer, no berço do nada.

## LXXV. Coro de despedida

... adeus, mãe, adeus, filha, nunca mais vou te ver, nunca mais eu e o pai assistindo aos jogos pela tevê, adeus, mano, por quê, por quê, Deus, por que Deus levou minha irmã tão cedo?, sim, não, sim, não, ele estava jantando, quando de repente seus olhos vidraram, a colher de sopa caiu no chão, a cabeça se inclinou, o que fazer agora sem ele?, como acordar e começar um novo dia sem o corpo dele junto ao meu, três anos de casamento, não sei o que é viver uma noite longe do meu marido, mas agora eu vou saber, eu vou saber para sempre, adeus, filho, adeus, Maria, adeus, João, adeus, meu menino, o que eu fiz pra merecer essa desgraça, tinha 20 anos e tantos sonhos pela frente, minha mulher, meu amor desde criança, o que será de mim?, o que será de nós, seus filhos, mãezinha?, não, não, eu não quero mais viver, ele era tudo pra mim, tudo e tudo e tudo o mais, ela não podia ter feito isso comigo, veneno de rato, não, sim, não, sim, adeus, meu velho, tchau, vô, tchau, Duda, até daqui a pouco, tenho certeza que o espírito da vó vai te receber e dar as boas-vindas, adeus, paizinho, o que vale a vida, se é pra terminar assim?, tchau, Zezé, vai tranquilo, vou cuidar das crianças, vou contar a elas o homem bom que você foi, vou orar pela sua alma, vou orar pra que atravesse logo o vale das lágrimas, vou mandar rezar uma missa por mês pra você, tchau, Zezé, vou lavrar a terra sozinha, vou dar milho pras galinhas, vou adubar a horta com esterco como você fazia, adeus, meu irmão, nunca pensei que essa hora fosse chegar, o certo era eu ir primeiro, sou o mais velho, Deus não tem piedade de nós, agora eu sou uma viúva com 30 anos e cinco filhos, o que vai ser de nossa vida?, eu já tinha comprado aquele relógio que você queria, eu ia te fazer uma surpresa no Natal, que pena, que pena, que mundo sem sentido, pai, pai, pai, me solta, assim você vai se machucar, adeus, tio, adeus, primo, adeus, meu amigo, descanse, descanse em paz, descanse porque a morte é o fim dos problemas, o fim da sua angústia de não poder mais andar, de ficar o dia todo na cama, reclamando com os olhos das escarras nas costas, da comida fria, da fralda geriátrica encharcada de urina e fezes, adeus, meu pai, adeus, minha mãe, adeus, meu filho, adeus, minha netinha, adeus, desgraçado, adeus, meu guri, adeus, justo agora que a gente tinha mudado de casa, que você tinha um quarto só seu, uma cômoda pra guardar suas roupinhas, o caderno e os livros escolares, o que os meus olhos vão verter ao ver a sua caixa de brinquedos?, o que as minhas mãos vão apanhar nos desenhos toscos que você fez pra mim no Dia das Mães?, o que os meus ouvidos vão escutar quando sua voz, tão parecida com a minha, não mais soar entre a sala e a cozinha, me chamando, pai, pai?, o que as minhas pernas vão dizer à cerâmica da varanda, onde nós dois sentávamos para podar as plantas, observar o movimento das nuvens, conversar sobre as coisas miúdas da vida?, com que vontade os meus braços, adeus, meu guri, vão se abrir para enlaçar o mundo que já não tem mais a sua presença?, que Deus é esse que leva a minha Nina, em vez de mim?, adeus, minha santinha, o que farei sem ela daqui em diante, minha Nossa Senhora?, o que farei daqui a pouco ao voltar pra casa?, como botar as cadeiras do lado de fora e ver de novo beleza no céu estrelado sem o meu Antonio, adeus, pai, adeus, Urso, adeus, adeus, Greco, adeus, menina--flor, adeus, poeta, adeus, velho bardo, adeus, vô, a miséria acabou pra você, adeus, professor, adeus, mãezinha, como vou jantar, lavar a louça, tomar banho, lembrando que você ficou aqui, sozinha, debaixo da terra?, adeus, papai, até um dia nos campos do Senhor, adeus, a gente se encontra lá, meu mestre, adeus, meu bebezinho, adeus, João, adeus, adeus, adeus...

---

## LXXVI. Precisamente esta noite

As luzes dos postes, na rua lá fora, se acenderam. Daqui, do meu muro lateral, à direita, posso ver as casas da Vila Cláudia iluminadas, e, mais adiante, derramando-se pelas ladeiras — que, um dia, foram um sobe e desce de terras nuas —, a cidade inteira, com suas luzes tremulando ao longe. Um grilo entrecorta o silêncio, serrilha-o e, depois, emudece. Estou só e, da posição em que me encontro, desde sempre, deitado, os túmulos vistos todos de sua base apontando verticalmente para cima, como pequenos prédios, miro o céu panorâmico, onde as estrelas jorram a sua radiância, perfurando a amplidão do azul-escuro. Um par de vaga-lumes sobrevoa meus arbustos, ouço o que dizem, eu lampejo, eu lampejo, nós lampejamos para gerar outros lumes, que, sem mistérios, vão se acender e se apagar, e, uma noite, nunca mais se acender. Estou só, com os meus mortos: os jovens, os mais antigos, que, há muito, se transformaram em outra forma de vida, os que chegaram dias atrás, como a minha mais recente moradora. Tenho saudades do meu primeiro morto, Mariana, a mulher que iniciou esta cidade em mim. Alguém passou diante de meu portão principal sobre o selim de uma bicicleta, ouço o rilhar da corrente na catraca. A brisa move, devagar, a rosa dos ventos em minha lembrança. Gira-a mais rápido, ameaça acelerar, mas, de súbito, seu sopro cessa. Um avião corta o céu, a luz piscante nas asas, some no meio de uma nuvem — puxando, em sua cauda invisível, o som das turbinas. Penso nos passageiros que estão a bordo, dormitando ou lendo um livro, pensando em seus compromissos e nas pessoas queridas, dispersas como cruz em seus mapas de afetos. Tempo haverá em que estarão, todas, em terras como as minhas, ou em outras, mortas para si, para os seus descendentes e para a história do mundo; tempo haverá em que serão o vazio em forma de restos humanos sobre os quais, numa noite, um avião passará a dez mil metros de distância, e, nele, sentados em poltronas exíguas, dezenas de passageiros dormitando ou lendo um livro, pensando em seus compromissos e nas pessoas queridas, dispersas como cruz em seus mapas de afetos. Dezenas de passageiros alheios, inteirinamente, a essas áreas imersas na escuridão, acima das quais eles voam, também, para o seu destino final. Não sei se eu devaneio ou se sonho, mas sinto que estou em conexão com todos os grãos de terra do planeta. Meu coqueiro conversa, sem que ninguém perceba, com a palmeira de um deserto, a milhares de quilômetros daqui. Comunicam-se ambos pelo farfalhar de suas folhas, pelos movimentos de seus ramos, pelas formigas que lhes sobem pelo tronco. Meu coqueiro se conecta com todos os coqueiros do mundo. E ninguém sabe, senão eu, que ele, sozinho nesta escuridão, existe no meu existir, que ele se sente, feliz, com o vento, mesmo vivendo num lugar assim. Minhas quaresmeiras conversam com as de outros campos santos, muitos deles cansados, convalescendo das mortes aos borbotões perpetradas pelo vírus. Foi um tempo de temor extremo, de atividade massacrante para os coveiros no mundo afora, e que agora vai aos poucos retornando à sua normalidade, ao seu volume de mortes costumeiro, até que alguma outra catástrofe, seja restrita a uma região, seja de amplitude maior, sobrevenha para derruir o seu ritmo regular. Porque novas tragédias coletivas aguardam na baía do possível para que, em época oportuna, se derramem em ondas destruidoras. Todo o universo é, no fundo, um útero-cemitério, um cemitério-útero. Vivo, eu não sei me decifrar, nem agora almejo qualquer entendimento, basta-me sentir o pulsar da noite. Bela é a noite — a escuridão, que se aprofunda, oculta os defeitos de tudo ao redor e garante a minha vista suja da paisagem. Estou só, com os meus mortos, os meus livros nas estantes da Caveirinha, e percebo lapsos silentes em minha memória. Envelheço. Outro dia, chamei o coveiro de Paulo, e não Saulo. Estou só nesta noite — mas, mesmo que demore décadas, o sol vai me trazer a companhia da manhã; e um dia, me levar também àquela última, e tão esperada, noite.

## Agradecimento

Esta Flor de pedra agradece a Juliana Monteiro, Marcelo Ferroni, Rodrigo de Faria e Silva e especialmente Bel Santos Mayer, amigos do IBEAC – Instituto Brasileiro de Estudo e Apoio Comunitário e jovens de Parelheiros atuantes na Biblioteca Comunitária Caminhos de Leitura.

Este livro foi impresso nas oficinas gráficas da Editora Vozes Ltda.,
Rua Frei Luís, 100 – Petrópolis, RJ.